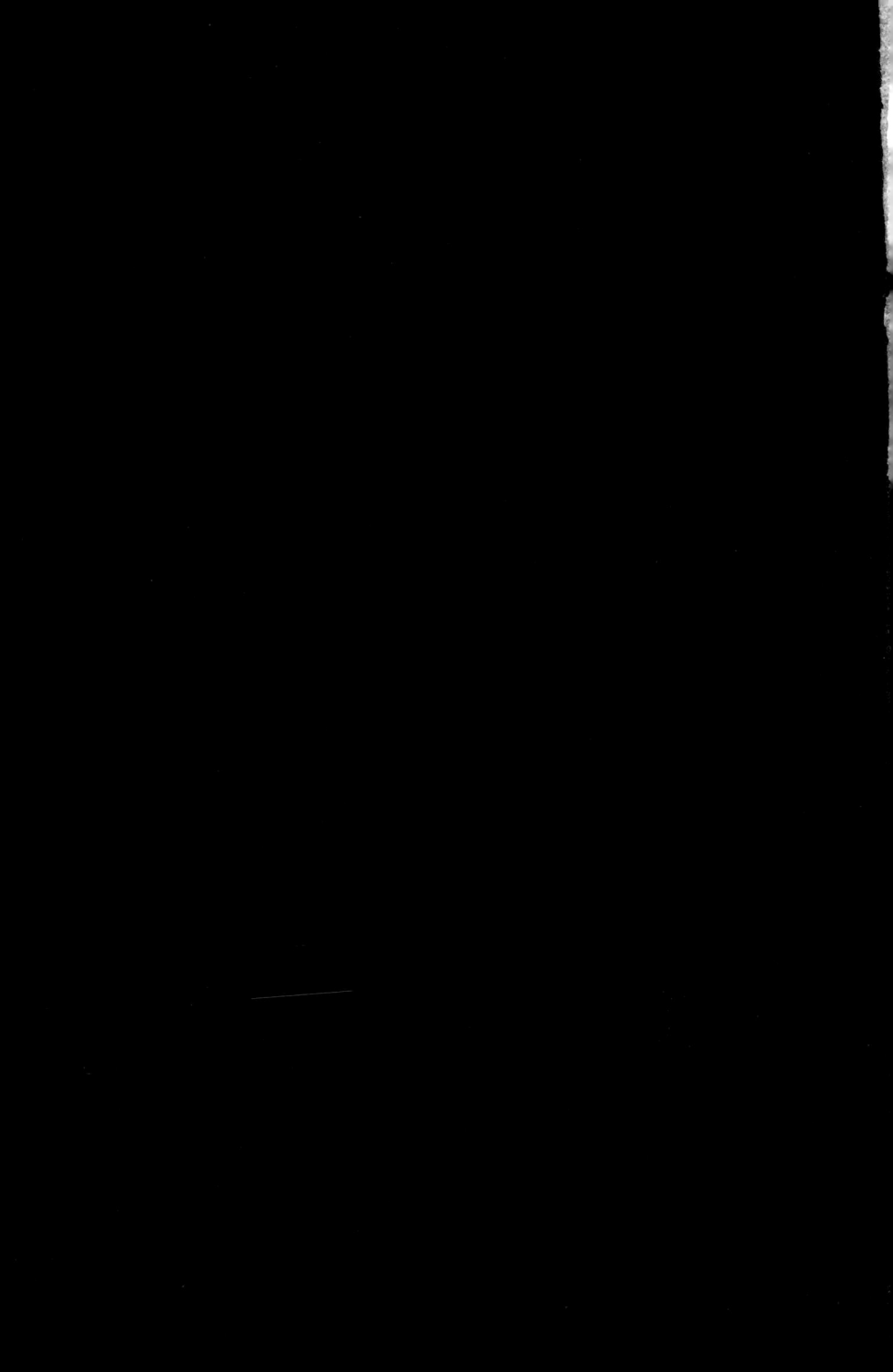

雅歌译丛

莱比奥达诗歌自选集

永恒之阴影

Shade of Eternity: Selected Poems of Lebioda

〔波〕
大流士·莱比奥达
Dariusz Lebioda
著

赵四
译

山东文艺出版社

真实生命的诗（代序）

在某种真正的意义上，诗是诗人自己所拥有的生命经验和他接近存在本质之方式的总括，这样做时，他展示着一个哲学意味上的观察者对人类姿态、仪式、礼节、行为的深切沉思。身在快速运动的、文明化的世界，在信息和感受的火力网中，他凝神于事件的某个细节及其结构。所有这些将使他意识到幸福就在自然世界之中，在它的质朴和单纯当中。这样一种对真实之诸节奏的自觉和交互式的参与乃成为开启知识的钥匙，并与自然力结盟，它将存在者置于一连串流动的平面上，使其与自然的整体性相连。自然有它自己的全部序列，行进在从生长到衰退，从创始到终结的周期里。在人类生命中，到达这样一个觉知的舞台是至关重要的，这是一种心智状态，它揭示出由不同生活造就的个体生命的命运轮廓，这是一种揭示基本人性图景的感悟能力。诗人通过他的诗探索周遭环境，深深探入诸多空间维度，步入隐秘之所和神秘通道。这些空间可被察知但未被多数人注意，它们隐藏在诸感官印象的斗篷之下，仅在某一时刻，在写作者凝神注目的光芒中，显现自身。诗在日常场景里传递着全方位和各维度的自然之美。诗人向着世界的美敞开自身，并吸收这像明净的山中空气和淙淙流淌的溪泉一般的美。诗人的生命过程所经历的一切带给他独特的使命意识，一种源自热切的观察意识和深切的敏感的使命感。他的观察意识和沉思的深度产生了令人惊叹的结果，创造了一种博物学的和形而上学的诗歌，这一语词艺术揭示出身在每一个词中的人类境况的真相，认识和领悟周遭现实的各种表达。

诗人感知世界命运的衰落和被遗忘，但也发展出关于新生可能性的净化的意识。这样，无论一所冬日孤独的房屋被观察到的状况可能有多么可怕，诗人总能看到重生的希望，视其为新开端的标志。这一意象既是现实世界的也是超现实世界的，通过一个萦绕不去的幻影暗示出一个梦一般的氛围。这独特的意象既取自十七世纪的弗莱芒绘画，又从达利的超现实主义视像中唤出，它通过两面完全相反的镜子，一面布拉克①的，一面克里姆特②的，赋予同一景色以不同印象。一个景色是即将土崩瓦解，另一个则暗示一种企图——集结各个细部混成为至高整体。焦虑是真切的，突如其来地降临于读者，暂时地锁闭上房门，扔掉钥匙，它疏离自身，使自己冻结成一个有象征意味的姿势。自时光开启以来，有多少这样的房屋被建造，有多少人拥有对它们的这样一种情感投资，有多少人曾建起了哪怕只

---

① 乔治·布拉克（Georges Braque, 1882—1963），20世纪法国立体画主义家、雕刻家。他和毕加索在20世纪初创立的立体主义运动，深刻影响了后来美术史的发展。
② 古斯塔夫·克里姆特（Gustav Klimt, 1862—1918），奥地利象征主义画家，美术史上著名的维也纳分离画派的创始者。

是一堵墙？诗人强调一座房屋至关重要的庇护功能及所有的温暖、安全，但他也指出危险——它无处不在的衰退和各个结构要素的脆弱。万物都只能延续一段时间，万物都趋向于解体，那些人类用心智予以确定的东西，那些他用钢筋水泥固定住的东西，也一样会遭遇许多明摆是终结的意外事件。那些高度成熟和繁荣的事物，一所房屋或一个人，都有着共同的命运，大地吞没一切，彻底抹平它，扫除任何曾在之物的痕迹，万物都在永恒的熵减中遭受为时光磨蚀的痛苦。诗人世界观的鲜明之处，在于一种虚无感和确切地信服"空"内在于每一种生命，是生物的命运真相，怠惰和死寂静候于人类生命小径的终点。没有人能够逃脱他的命运，逃脱从活生生到落为灰的循环，因为这些正是反复灌输进宇宙结构的基本法则。一个诗人感到人应当有能力去享受他的生命，运用好自然的一切恩赐，但也应能感知到他的飞逝和短暂性，理解逝去年华和将临岁月的运算规则。他是一个诗人，有着惊人的本体论深度，凝神于简单事物和寻常事件。他是一位哲学家，日常生活的哲学家，不断寻找和自然的和解。他宁愿静思周遭和一脉溪水的流动，将自己关闭在小木屋中而不是去挑战事物的转瞬即逝和反抗存在的秩序与方向。回顾历史，波兰诗人齐普里安·诺尔维德[①]曾说，人类并非处在一个征服永恒和逃离通往墓穴之路的位置上。

[①] 齐普里安·诺尔维德（Cyprian Norwid，1821—1883），波兰诗人、剧作家、画家、雕刻家，第二代浪漫主义艺术家。

在他庄严而率真的抒情中，你能够认出这个沉浸于世界的诗人和其抒情的复调、深度与直接性。几首诗就能揭示出他心智的微妙运转情况，他所言说的这世界比别种描述和解释能说出的要多得多。这是一种试图模仿世界的和谐和秩序的自我，这自我不忽略世界的美、神秘、黑暗与光明脉冲的持续流动、永恒取予的最细微的闪光。对于诗人来说，这个世界本身正是一个炼金过程，存在着光明与黑暗、银与金、月亮和太阳的永恒循环提纯。而熔冶所有这些过程的坩埚是诗人动能充沛的意识，那里，每一事物都在沸腾，改变其连贯性并经历至为重要的精神变形。这一切基于个体发生，也存在于令人惊异的人类大我之中。它同时既是个体的也是普遍的，是凡人的也是永恒的，是光明的又是黑暗的，是既有生动形式又无形式的，所有这些都被指派给了尘世生命并被理解为一种决定性的束缚。这就是体系框架和生命活动的范围及其欲攀至的峰顶。就像在伦勃朗的一幅画中，女孩倾身出画框向我们伸出手来，诗似的图景，画家本人亦借此探向了永恒，他以抒情诗式的强度沉思触及了人类经验的无限宽广。你能在其中看到、理解自己的意愿，看到一个人试图为多少个世纪以来的大地上的人类历史添加少许个体自身的命运，它实为整体和本质的一部分。对于真正的诗人来说，将自身抽离出这个世界并置于遥远之所是极端重要的，同时这种放逐也是深深地内在于他的，内在于他外表之下的某处，深刻的抒情意识的核心中。这一分离状态能够脱颖而出，像在相片框中那样被定格，在这首诗之镜中被清楚地看到。我们的尘世生命无法摆脱存在之焦虑的影响，它总是突如其来，摧毁我们的缜密计划。当一个人被置于自然的雄伟性之对面时，尤其在那些动人心魄的险峻群山中，像中国中部的，像人迹罕至如藏区里的，我们会意识到我们的微不足道，那些我们曾以为确定无疑的事物以及欲驯服自然力的企图无非是些过眼云烟。身在山中，历薄雾和日日晨昏之流动，诗人利用这机会沉思他周围环境的美与纯粹，但这些只是过路时刻。思考、记忆和他的诗性反思，必须被写下、传播、保留在其他世代的头脑中。美挑战衰落，并产生一种稳定、持久的幻觉；但是经风袭而摧折的树枝提醒诗人什么是将临的——所有时间中事物的始与终、生与灭、短暂结合和离散的蜃景是不可避免的。因而，对诗人来说有个好理由可以确信像维米尔[①]这样的终极事物画家所观察到的一切。可以肯定地说，在那诗的心脏里有着布局比例协调的意向，这种协调意向既出现在艺术创造者也出现在儿童的意识中。经历世界并沉思它的所有现象，诗人认识到他与伟大画家间的关联，那画家描绘了一种在理解边缘平衡着的悬置的凝视。回到那个时间和现场，美和时间停止的感觉反映在诗人和艺术家眼中，他们比其他人的所见、所感都要更多。

---

① 维米尔（Jan Vermeer 或 Johannes Vermeer，1632—1675），十七世纪荷兰画家，和伦勃朗一样被誉为荷兰黄金时代最伟大的画家。他们的作品中都有着透明的颜色、严谨的构图及对光影的巧妙运用。

真实生命的诗是一种斗争,这种斗争描绘和提供处在变形瞬间和恒定循环中的世界,但它也是诗人自己和人类生命方式的一个注解。没有谁曾超越过人类处境,也将永远不会有谁能够,我们的意识将始终深深植根于无力的、瘦弱的、备受折磨的人类躯体之出生、成长和最终的衰朽中。接受肉体的物质状况,人必须与整个自然律法和谐共处。他保护自己免受寒冷、霜冻、风雨,庇居于屋宇或小舍,供给自己饮食——所有这些只是使他能够获得片时以反思自身,反思在起点、终结处的他人他物的命运,并参与某个终极交易。像希尼、阿多尼斯这类诗人,会通过将对自然之美的嗜好和钦羡与原始的末世论意识相结合而使他的抒情诗获得惊人的效果。这里,他与埃德加·李·马斯特斯①和卡尔·桑德堡②这样的作家有着亲缘关系,也有些东西和比利·柯林斯③的精巧触感、转瞬即逝的意识有共同之处。柯林斯主张诗歌应当是我们日常生活的重要且不可或缺的部分,诗应当激起人们对人类处境和他们在人类中之归属的思考,以新的感性维度来更新世界。在真正诗人的创作中,我们还需提及灵光一现的突出作用,它为我们揭示日常周遭的美和魔力,但与此同时也不忽略人们之间的纠纷和相互依存。死亡和终局最充分地描绘生命,空和无最完美地概括我们之时日的内容。一个人的逝去指

---

① 埃德加·李·马斯特斯(Edgar Lee Masters, 1869—1950),美国诗人、传记作家、剧作家。
② 卡尔·桑德堡(Carl Sandburg, 1878—1967),美国诗人、作家、编辑。
③ 比利·柯林斯(Billy Collins, 1941—),美国诗人。

向人之命运的必然和急迫性。所以像特朗斯特罗姆这样的诗人看着他和其他生命的章章课业,看着曾流淌在其诗歌小屋前的溪流之道道蚀痕——它们揭示出这世界真实的内在结构,其后象征性的书之关闭在独创性的句子最后,成为一个真实的句点。他的心智高高地翱翔于世界上空,他悬停在非存在和无穷尽的某个点上,试着将一切综合和融汇为一。像米沃什、赫伯特这样的诗人创造了一个无限融合和永远分离的幻象,并始终做着梦,永不放弃美,永不熄灭。尽管每时每刻他都放弃部分的自己,他却不会逝去——他靠在词中揭出启示而活着。

大流士·托马斯·莱比奥达

赵四 译

目　录

大熊星座下的自杀者

003　　有森林在我们的城区之外……

004　　一代人

006　　1958 一代

007　　两座古老公墓……

008　　少年时我们是飞翔的风筝……

009　　我们被众多沉重……

010　　我的朋友用刀片……

011　　你们的父辈经历了……

012　　罗马克·亚斯凯尔的最后遗言

013　　一个老妇人住在……

014　　牛仔裤

015　　以耶稣基督……

016　　特丽莎

018　　我们以前上小学……

019　　我住的公寓楼

020　　我们强健似……

021　　秘　密

022	报纸在我们手中……
023	晚上我去到我们打架的……
024	灰烬与钻石
025	白杨树
026	眼下之点
028	我们曾在一块儿……
030	现在看着时间嘲笑……
031	倒　影
033	满身星斗的男孩之诗（Ⅰ Ⅱ Ⅲ Ⅳ Ⅴ Ⅵ Ⅶ）

溺水的树

045	浸渍于你的悲伤……
046	我看见风在你的眼中……
047	记得某日在你家乡……
048	你驶过我……
049	你是鸟羽之光洁……
050	你离我而去没有说再见……
051	我需要你的温暖……
052	心不跳气不喘……
053	你飞去克拉科夫那天……
054	你最美时是被雨水清淋……

055 你会死吗？

056 最初你是达·芬奇的蒙娜丽莎……

057 放　手

058 我曾沉湎于你的悲伤……

059 你从未为我的外套缝过一粒纽扣……

060 我贴紧你的胸口……

061 哦　我渴望……

062 你在想什么当我不在……

063 这里我和一些披头士的歌……

064 我们了解对方到甚至可以说……

065 你敏感如眼之虹膜……

066 时间之发有如深秋干草……

067 一封信

068 高速路上小梦语水者

069 瞬　间

071 我　愿

黑丝绸

075 独角兽的血

078 笛卡尔的头盖骨

080 在布隆姆堡市发现的德国士兵墓

082	爱因斯坦之死
084	黑丝绸
085	幽灵纸牌
086	所有这些你写在我身体里的……
087	弟　弟
089	如果你曾在臂膀里……
090	文　明
092	它走在它的盲主人身边……
093	画　家
094	加尔各答的特丽莎妈妈
097	莱斯克的犹太人公墓
099	上帝看着世界看着……
102	燕子的土地（选章）
106	新时代的挽歌
109	神　秘
110	在五月
111	有时我感到似乎某个人……
112	非存在
113	我是谁……
114	一个瞎眼男孩在起居室……
115	不要停下……
117	祈祷文

云雀经销商

123　河·黑鸟·空
125　小女孩
127　来自中央公园的石头
129　公　主
131　老犹太人寻找纽约
133　美国小姐
135　读莎士比亚的穷人
137　孤独在纽约
139　走过布鲁克林桥
141　加拿大边境小路
143　文化赞美诗
144　在伊利湖上
145　在净水中
146　在码头
148　墨西哥湾
150　两张纸
152　雨落根特
154　在幼发拉底河岸边
156　背着卡拉什尼科夫自动步枪的家伙
158　库尔德斯坦山中此刻

160 战争中的城市谣

162 亚美尼亚舞者

关于中国的诗

167 中　国

169 中国人

171 在紫禁城

173 偶瞽茶之道

175 道观里乞讨的妇女

177 中国男孩的硬币

179 在湖边

181 青海湖

183 诗人的位置（**译后记**）

 # 大熊星座下的自杀者

有森林在我们的城区之外……

有森林在我们的城区之外有圆润
满布苍苔的德国人的炮眼我们在那儿奔跑
攀爬被枪炮摧毁的城墙我们会把炮弹制造的
裂缝扩大到水泥平台
像外科医生在士兵的肚子里翻找我们在沙中
搜寻子弹以便在家中煤气上将它们熔化成铅
铸造小鸟和飞机模型——在尽力粘连的墙边
在铁栏杆之外我们是配着沙土手榴弹
和橡树枪支的士兵

即使今天我们中的有些人也会回到那里我记得
在那里嬉耍的昔日玩伴且那时并非没有意识到
生活即将以一把真枪射向他们

为它们暗黑森林里寂静的胜利者——冷墙们
我题献写下这些致辞——为他们
已去到另一空间的我的伙伴们

一代人

今晨在我眼中树木是身着黑衣的母亲们
立于她们颤抖蜷伏的所读书信前好似等待日光吐白——
她们的儿子从战场归来——在她们之上
冉冉升起的太阳好似某个伤口泼溅出的亚麻金
也许是我曾在梦中所见但在我头顶之上巴钦斯基①
袖筒上套着红白袖箍高飞翱翔
他坐在啤酒肆里那里所有铁石心肠的
老练醉汉们流离失所在啤酒瓶和
马克杯里那里在某些更多更花样翻新的新伤疤里的
剃刀片之警官们出场巴钦斯基惊讶询问
这都是为了什么沉迷于一场剃刀片战争
之牺牲品的他们充耳不闻——太阳看似
已被设置得一劳永逸当某个醉汉在这儿
终日闲荡开始看那在半空中的惊人物什

---

① 克里斯托弗·卡米尔·巴钦斯基（Krzsztof Kamil Baczyński, 1921—1944），波兰诗人，是"哥伦布们的一代"（生于1918年波兰独立之后，青少年时期在"二战"中度过的一代）之代表诗人。他是"二战"时期波兰"国家军"战士，牺牲于华沙起义。

他操起一只酒瓶以一个戏剧性动作掷向那幻影
回到恼怒于他浪费了啤酒的人们身旁
他看着幻影高喊：消失了！

1958 一代

我这一代男孩们文着军队文身

脖子上绕着硬币银链

他们为体育准则拟定大量变化

他们掷出一百米高的梦标枪

他们在时间带上推出意愿的滑翔铅球

无论谁失败了都要再次试镜

我这一代男孩们知道电视和加加林

他们曾读到奥斯威辛和死亡

难以相信它的人将他们的生活转向爱或试图爱

男孩们穿牛仔裤和带标志的 T 恤

他们爱喝啤酒开始学习

在傍晚他们聚在一幢幢公寓周围

讨论在接下来的几天该怎么

活下去

两座古老公墓……

两座古老公墓在我们学校附近
那儿的桑椹树枝密如云
我们常爬上去采摘未熟浆果
狼吞虎咽它从来也不足够的果实
就像我们从来没有足够的爱和缝补
我们被撕破之规划的友善之手的针
我们靠着树之肩而坐就像
倚着妈妈们的照看
我们似靠近死亡的十字路口和其诱发之时
我们贪婪吃下串串小讪笑和惊愕眼风
带斑的表皮　总在害怕园主
不允许我们进入他的果园
我猜那个时候正是美国人
杀越南人　死于饥荒的
非洲人刚出生的时候——那个时候我们
爬上了桑椹树

少年时我们是飞翔的风筝……

少年时我们是飞翔的风筝
给云朵送去未被死亡玷染的匆匆警视的信件
易碎的纸之心持在
绳上翻飞着我们的心能飞翔的
梦想——有时我们没能让风筝
着陆它们被撕破被我们
拼命的尖叫声驱走它们飞进了
永远和确定之物的王国——
纸鸟们飞越了在我们之上的
生活之后我们认识到为什么成人的脸
像那粘在电线上的老旧磨损
破布——之后我们发现我们曾经飞翔的
信件存储在了城市的垃圾堆里

我们被众多沉重……

我们被众多沉重如无力
再起的摔倒老驽马般的
低层公寓楼环绕我们携着
千窗的反射物——坐在那里的人们
不管愿不愿意地看着我们
在他们头顶之上北斗七星[①]
奔跑的车轮仍在吱吱嘎嘎携运
水泥般密实的到处泼溅的死亡
有时从时间这辆嘚嘚颠簸的
马车里滴落我们头顶的些许颗粒
恭顺得好似已领过第一次圣
餐礼——我们冻结无力举起一块石头
半喊出的叫声把它砸向过往时日这只
正在飞走的鸟儿

[①] 北斗七星（Charles's Wain），字面义为"查理的马车"，因而下行诗句中会出现"奔跑的车轮"，可惜在汉语中意与象无法兼顾。

我的朋友用刀片……

被慷慨精神荣光照耀的男孩们，
于是去到那星辰
——贺拉斯

我的朋友用刀片割手臂
并且笑着说——看多他妈棒的
口子你为什么这么干——我问——他
回答它给他自我平等感
他能够与疼痛和血腥场面战斗
我说——那些我们这么大岁数的男孩们
在来福枪托上刻槽记下每一个
被杀死的德国人——他回答如果我继续
扯淡小心挨他老拳

你们的父辈经历了……

你们的父辈经历了战争和五十年代
你们说他们是祷告者并责骂你们的
年轻——他们打你们的屁股既经常
但也温和无论如何他们这
都是为了你们好　而你们不想要
孩子们喝啤酒你们不侍弄
盘中果子排队你们的手擅长传递啤酒
马克杯把手——你们痛于你们的伤口
跳进你们的女孩身体里自信
且自豪于你们竭力进到时间的口袋中
你们带着仇恨看警察而
人们喜欢我——永远准备好一头扎
进痛里

罗马克·亚斯凯尔的最后遗言

（受其父母委托）

亲爱的妈妈爸爸原谅我正在做的事
但我再也不会应付什么了所有事情都那么奇怪
日子看起来就像两滴水——我希望
我能够带回旧日时光那时我们去
爷爷奶奶家一块儿泡在池塘里
去钓鱼但是所有这些都被留下都在一块
钝玻璃的后面我感觉自己没人爱——不要以为
都是因为约安我无力解释它用我的
另一种方式我知道仍什么也不会改变
把我的房间给安德烈给他我的
拥抱和亲吻也给他我的
牛仔裤衬衫和摩托车
再见了这已是我最后的
话

附：请彼此相爱

一个老妇人住在……

一个老妇人住在我们公寓楼里
有时我觉得她是我们街上的圣母
尤其是当她穿着她的帆布鞋
在人行道上蹒跚而来和当
所有的小狗围拢她时有时我觉得
她是耶稣受难群雕里的一座雕像有一次
她的女婿闩上她的小房间门
冲她咆哮——你个该死的老衰母羊
你早该蹬腿翘辫了——但是她仍然
继续走着绕着垃圾堆走
她也许忘记了她的孩子们
她的青春还有神性　对她来说
这样也好可以去发现一张彩色纸
读到在某地的一个小岛
人们围着火堆跳舞
妇女们头发上别着鲜花
有一次她偷偷地在凌乱的灰发上
别了一朵红红的塑料玫瑰感到
很开心还有一次觉得她
像童贞玛丽或封面上的
某个女孩

牛仔裤

我思念我穿过的破旧了的老牛仔裤
带着褪色字母的破裤子——要是我能够拯救
它像救某只栅栏边濒死的狗该多好

我思念我在踢足球时穿的破旧了的
老牛仔裤——没有口袋的磨烂了的家伙——
要是我能够再次跳进它再次感到
我好似一位着新铠甲的骑士该多好

我思念曾粘定自行车座的破旧了的
老牛仔裤——没有了裤脚边上磨平的扣钉——
要是我能够挽回它的抵抗力
和先前的颜色该多好

我思念浸渍了我的汗和血的破旧了的
老牛仔裤——松了的带扣和
卡住了的拉链——要是我能够拯救它像
救那只栅栏边濒死的狗就好了

以耶稣基督……

以耶稣基督那不关心自己伤口之人
的名义他们用刀片切割
手臂他们用牙撕裂
有深长切口的皮肤

以他们在电视上看见的泼汽油
自焚的佛教徒的名义他们
将烟头摁灭在掌心

以妈妈让他们去教堂他们不去
而在地下室里听的
吉米·亨德里克斯①的名义
他们讨论死亡

以他们不知道的名义
以在他们之前凭那些人的名义
的名义把它从那些人
自己那儿拿走

别把它给任何人

---

① 吉米·亨德里克斯（Jimi Hendrix，1942—1970），著名美国吉他演奏家、歌手、作曲人，被公认为是流行音乐史中最伟大的电吉他演奏者。

特丽莎

他们割断你的喉管时你有十块钱的一堆钥匙
拴在一个心形玩具上一包廉价
香烟和一盒揉皱的火柴

你的兄弟们不知道钥匙
适合开哪儿——你的兄弟们没去看塑料
心形玩具

只有你把自己锁在地下室里和她腻在一块儿的
贱货特丽莎傻笑着当我们问起
她这事

当我们围着她晃悠我们中的一人
试图把她放到火上去烤时她说：他没能
用这些钥匙中的任何一把打开她的心然后补充
无论如何她真的爱他

可怜的小特丽莎——没人听她

讲真话没人听她

说谎话

可怜的特丽莎

我们以前上小学……

我们以前上小学的时候
体育老师曾让我们
绕着附近的公墓跑过两回
我记得我们多么陶醉于
好成绩至今仍气喘吁吁我们藐视
那些生命掠夺者——今天曾绕着它
奔跑的我们中有些人已经躺在了
那儿的坟墓里而我不知道现在
谁是墙外的人

我住的公寓楼

一楼：儿子正对妈妈吆五喝六
　　　带回妓女们

二楼：儿子正学习他爱
　　　一个别的区的女孩

三楼：儿子吊死了自己

四楼：儿子从军队回来
　　　他从前不喝酒

五楼：儿子还没有出生

我们强健似……

我们强健似泰利加①持久如

努尔米②像那塔特拉山③中的岩石

我们坚强似安吉拉·戴维斯④准备

与任何想要愚弄我们的人战斗——今天

被一些小小坏事窒息我们愤怒地

握紧拳头听鲍勃·迪伦⑤唱

那时……时间改变一切

---

① 列昂尼德·泰利加（Leonid Teliga, 1917—1970），波兰水手、作家、记者、译者，也是第一个独自驾艇环游世界的波兰人。
② 帕沃·努尔米（Paavo Nurmi, 1897—1973），芬兰天才中长跑运动员，多项奥运会赛事金牌得主，先后创下22项正式世界纪录和13项非正式世界纪录。
③ 塔特拉山脉（Tatra Mountains）是中欧喀尔巴阡山系的最高山脉，是波兰与斯洛伐克的边界山脉。
④ 安吉拉·戴维斯（Angela Davis, 1944— ），美国政治活动家、学者、作家，是二十世纪六十年代美国著名的社会活动家和激进人士。
⑤ 鲍勃·迪伦（Bob Dylan, 1941— ），有重要影响力的美国唱作人、摇滚乐手、民谣歌手、音乐家、诗人，获2016年诺贝尔文学奖，他的影响力主要体现在六十年代。

秘 密

记住记号——我们藏了一粒杏核儿
在地下并且一言为定绝不
告诉任何人

我希望你能够看到树
从我们的秘密里长出来

我希望你能够尝到它的果实
我希望你能够尝到它
酸涩的果实
和最终在记忆里的
回甜

报纸在我们手中……

报纸在我们手中被焚烧
我们不能研读我们的思想
时代正无情地弹拨我们的颈项
像小提琴配着绞索的弓弦我们对自己的
影子执行死刑现在赤身裸体的我们站在
上帝面前我们没有
任何名字来被呼召

晚上我去到我们打架的……

晚上我去到我们打架的
操场　站在两扇边门之间
仰望天空我找不到大熊星座
但那不重要　因为我感觉得到它
在我之上——没有悲伤痛苦
在我体内——没有想着
某个女人　她每天不断地切剥
我心之树皮——我没有听见
在我体内死去朋友们的抽泣
和对逝去时间的哭喊——我知道
我是遥远空间之众多
伤口中的一道

灰烬与钻石①

某日我们会惊恐地站定
仿佛一枚勃鲁盖尔之瞎般的炸弹
爆炸了——我们将寻找
一处避风港锚定我们思想的
苍白航行——某日在梦中
被捉我们将跳出窗外
在摔倒之前我们又成功
睡去并再次醒来
某日像五十年代的英雄我们
开始逃亡而时间
我们的骗子手朋友举枪
从后面射出一阵钻石雨
我们就此一头栽倒
跌入灰烬

---

① 指波兰著名导演安杰伊·瓦伊达（Andrzej Wajda）的影片《灰烬与钻石》（*Popiól i diament*）。

白杨树

长得越来越高
墓园门口的四株白杨

被风吹折了腰身它们使蓝
天的旗帜翻动

即使你死后
白杨仍活着

我发誓我
没撒谎

眼下之点[1]

自他们把你投进监狱我们俩之间就织起了
一张痛惜之网我知道你原谅我相信了我的话
你也不再坚持你那绝望透顶的想法
我们街上的男孩已忘了你所以你不必
再害怕被揍得死去活来因为他们
如此作恶多端以致只有醉后才能交谈

一个月前诺瓦克奶奶去世了——记得我们以前
曾向她扔石头你说她死笨死笨的
我在教堂里忏悔我们的罪行心怀恐惧地谦卑聆听
牧师的布道——乔安嫁给了那个神经病雅布隆斯基
不过她不是适合你的女孩在她生孩子
之前(那男婴看起来像你)嚼舌头的人
起先没挑中她可现在她是他们的舌间液

她曾让我给她你的地址我说

---

[1] 眼下一点在波兰监狱里是重罪犯的标志,主要是谋杀犯。

我没有——你的父母老亲仍在为你的
良好健康干杯有时我牵着你的狗外出
遛弯我能听到酒杯叮当他们为你曾做的
好事赞美你你的妈妈念着你
一回来就会建房造屋

自他们把你扔进监狱我们俩之间就织起了
愤恨之网我知道你永不会原谅我
不会相信我说的话——我知道你
永远不会出卖自己的想法

我们曾在一块儿……

我们曾在一块儿——大喊大叫不知道时间已将我们的梦照片
撕得片片零落——我们曾在一块儿甩着我们的头发　携着
夸张挥舞的自信　它极其缓慢地冻结在我们的
身体上渐渐飘走像死亡渐渐冷藏了
死去婴儿的身体荚壳

后来我们中的许多人走了——风不再吹拂他们的发
我记得他们每一个人现在我费尽心力地开始
用每日生活之挣扎的柳条编织
装着传奇果实的篮子

安杰伊[①]——有点自负时刻准备着和嘲弄他的人
理论一番

沃伊泰克——永远不负责任地过分自信于自己的想法
像坑道工兵自信自己的手

---

① 安杰伊、沃伊泰克、莱谢克（Andrzej、Wojtek、Leszek），波兰男性名。万达（Wanda），波兰女性名。

莱谢克——呷着恨之啤酒只爱
自我逃避的时刻

万达——我们街区的玛丽莲·梦露总是弹回
卡萨诺瓦①们的媚眼秋波

我记得他们每一个人但是穿过他们的墓地时
我移开我的目光我转头他顾

---

① 贾科莫·卡萨诺瓦（Giacomo Casanova，1725—1798），意大利冒险家、作家，历史上最著名的"追寻女色的风流才子"。

现在看着时间嘲笑……

现在看着时间嘲笑
我们的旧计划

房屋树木如何变得
更完美

我们过去胜利的记录如何
变为可耻的旧破绽

居民区和你们母亲的心痛
如何膨胀壮大

我的体内正装着你们
流产的革命

倒　影

过往的人事其实从未
存在于此

我藏之于心的人已像
死弹一枚

我诅咒痛恨的人像你一样
热爱生活

我苦苦追寻的人现在我
避之不及

我对之说谎的人曾背叛我
鄙薄我

掌掴我的人　是那我向他
摇尾乞怜时的人

曾踏步我身的人在我行走的

道上躺倒

常说生活是场电影的人
只在其中客串出场

忘记了时间的人
时间问那是谁的时间

像被踢爆的足球之人
踢进了漂亮人生进球

偷食了禁果的人引诱女人们
也被女人们诱引

将风的名字文在脸上的人
终将被皱纹围裹

那些操场沙土遗落发间的人
身配木枪的少年士兵们

过往之人从来未曾
在那里过

满身星斗的男孩之诗（Ⅰ Ⅱ Ⅲ Ⅳ Ⅴ Ⅵ Ⅶ）①

Ⅰ

我是个凝望每一闪光事物的悲伤男孩——
我在墓园里踱步看着
朋友们的坟墓

高秋的彤云在我脑际一路纵歌
黑布袋般的白嘴鸦在我眼中翕张其羽
我嗅到大地上的草与叶正枯腐其质

白杨树吟着忧伤的歌曲
赤杨树祈祷　向一位摇摆
在端出知更鸟燕子尸骸的地平线之无边绳索上的
异乡神

它还端出我认识的男孩们的尸骸

---

① 译自美国文学期刊《国际诗歌评论》2003 年秋季专号"斯拉夫语专辑"，在该期杂志中，莱比奥达作为首推诗人被重点译介。

我感到汹涌在血管中的我的血　四处攀爬的
我的心之鸟　战栗在风中的我的大动脉之弦

哦耶和华　你是一个伟大的欺诈者你是哪一种英雄
带着你金色的永恒之弓你如此精确地命中目标
如此精巧地剥下我们之时刻的纤弱皮肤
熟知希伯来字母表环圈上的首与尾的你

在水囊中你携着天真清白的点点泪珠你携着
生命的托拉经成捆成束——
哦耶和华两个惹人伤心的头盖骨之燧石盒里闪耀着怎样的火花

II

在一座墓旁的长椅上我坐下回看童年的纯净
花园　那里面包黄油尝来味如初恋
之满溢　冰水是一日疾速飞逝之仙馔蜜酒

我知道这样的时刻上帝正俯瞰着我　与我
泪水同流　像一群戚声利鸣的岩燕悬翔于我的头顶
以一只摇摆不休的喜鹊之形栖蹲于
附近枫树

我不想让他看到我的泪水我不想让他对我

心怀怜悯于是我装作在为那些死去的
人们为那些已绝迹在冰冷星云中的人们祈祷

但是他的智慧远在我上——装作在听我的祷词
通过我他念出天父颂……想的却是
万物流①

它就是这样——也是它不是的那样　因而没在飞的时间
飞逝　因而以目眩缭乱之眼我看进天之空
用被自己的尖叫声震聋的耳我听

在我周围蹦跳的胶状变形虫和沙沙响的恶魔
之干黑藻——夜之戟兵阵列
和许许多多的晨之蝠在我眼前流逝

III

那舟形的沙筑坟墓是个男孩的　曾想成为一名水手的
男孩　当登上一艘大型远洋护卫舰他知道
他已选择了死亡之舟

---

① pater noster……panta rhei，诗人在原文中于这两行诗里用了表面上形近却在意义上有巨大差异的神学、哲学概念，诗思出奇，在汉译世界里这两个词已是专有名词："主祷文"（基督教最著名的祷词）和"万物皆流"（赫拉克利特的一个流布广阔的概念），但这样放入汉译诗中会让人无法感觉到原有诗思，故勉强作一另译处理。

这就是为什么他倾倒烈酒进他的血管　那血管长久以来
靠廉价红酒啤酒而活　还有揍他的兄弟和老爸——
用刀的钢牙咬伤他自己的身体

他曾相信有朝一日他会变成一个更优秀的人——
一定有什么东西将会改变他——
他开始集邮集香烟盒　他坠入
一个长腿女孩的爱的温柔乡

他常常蜷缩在她赤裸的胸前睡去——一边温柔地轻抚
她的长发　与她做爱仿佛他进到了
蒲公英丛中
她也爱他但更爱上帝

后来上帝召唤了她要求她舞蹈并允诺
使她成为一名圣徒——真可怜她不知晓死亡之舞①
的舞步不知道身为圣徒比寻常状态
更为痛苦

这坟墓是艘无桨小船　一艘撞碎在茫茫大千之岸的
小船是虚无之小艇　一个萨满巫师里外倒翻的面具

---

① *danse macabre*，法语。

这坟墓是门荒诞的地理学可笑的星相学
它是空之大笑的点金术　神圣小丑的
隐秘泪

IV

哦耶和华你这畜群制造者你知道我不是本来该是的那人
你知道我心绪低落记得
我的离家出走和悲惨的回来

你永远也不会原谅我的诅咒和谎言
你不相信我对失当行为的改正
你不会接受我的保证
我仓促的祷词在你听来滑稽可笑

但是对你来说我是个谜　你总想知道我的
选择　下一次我会漫游到何处
你试图用一只独角兽的内脏来卜测我是何等样人

孩子或黑暗　光或躯体——你失去了耐心

用林堡兄弟①的地狱图景来吓唬我
展示圣沃尔夫冈的米歇尔·帕赫②祭坛魔鬼在我的梦里

从你身后一个怪物在散发着硫磺和被嚼烂的精神
之恶臭的黑习惯中睥睨斜视
它有着米开朗琪罗《最后的审判》中之卡戎的脸
男巫的瞎眼来自戈雅画中
扭曲的唇形在爱德华·蒙克的《尖叫》里

它以一道辉光之形住在你身后——在一面扭曲之镜中的
一领镜像　当你转身它蹑足消失
当你行进它如影随形

V③

哦主啊,你已察识我,知晓我。
你知我坐下,立起,明我所念所想,自那远处。
你细察我的道路,我的躺卧,你也悉知我一切行止。

---

① 林堡兄弟(Limbourg brothers),十四世纪末十五世纪初法国著名泥金装饰手抄本画家,共有三兄弟,祖籍尼德兰,活跃于勃艮第和法国,主要作品有《豪华日经课》插图等。

② 米歇尔·帕赫(Michael Pacher, 1435—1489),奥地利画家、雕刻家,他是最早将文艺复兴理论介绍给德国的人之一。他最著名的作品是1481年完成的现在仍完好保存在圣沃尔夫冈镇教堂里的"帕赫圣坛"。

③ 此节为《圣经》"诗篇"139之1—15。译者参照中文版《圣经》改译。

未有我舌上之言,哦主啊,你不尽晓。

你环绕我前后,以手恩施我身。

这样的知识于我太精妙,至高,乃我不能企及。

我往何处可避你的精神?我往哪里可躲你的临在?

我若升上天国,你在那里;我若安榻地府,看哪,你亦在。

我若取来晨之翼,飞停留居海之极;

即便那里你亦以手引导我,以你右手护持我。

若我说,黑暗必将遮蔽我;我周围的光亦将成为夜;

甚至黑暗也不能遮蔽使你不见;而夜闪亮如白昼:黑暗和光明,在你看都一样。

你牢牢据有我的肺腑衷心:我在母腹中你即已覆庇我。

我要称谢你,因我之受造奇妙可畏;你的作为神奇,为我灵魂深知。

当我在暗中受造,在地底深处奇怪成形,我的材质并不向你隐藏。

VI

我为断骨之痛唇上鲜血感激你
也为那孩子之哭及而后的成人之哭——
为痛苦折磨为啐我脸面的骗子而感激你

我相信你是良善　良善乃你行止
可是那逃离你的东西在我肤下结血凝块

伤我如伤口敞开

　　不——我没在渎神——我爱你的夜夜星空
　　你的日出山脊　苹果树和桑树林里的
　　枝头果　蓟花冠和向日葵的大花盘
　　金翅雀和老鹰的双双锐眼

　　我爱在牧草之青青中的上帝羔羊　爱
　　我臂间胡蜂的刺痛一螫　我目瞪口呆望向杨树林的
　　座座教堂　柳树们——弓腰驼背的老娼妇

　　我也为山间绿草土地上白骨
　　成为灰烬沙土的尸体和那
　　索取不亚于给予的爱而感激你　耶和华

　　为那在宇宙的巨大马戏团帐篷中的
　　牛奶路冰冷暴风雪中的北斗星之光琥珀中
　　满身星斗的男孩而感激你

　　他的死在空间里填平漏洞他的不再存在变为
　　去往时间边缘之旅的允诺　在痛苦的门扉不及的高处
　　他毫无意义的死给了那无名之物一个名字——
　　每一细胞每一原子都变作你永恒之诗中的一个声音　哦耶和华

VII

我是个悲伤男孩　专心致志聆听金龟子和马蜂
几丁质铠甲上的鱼鸟形之骨架里
每一细小坼裂声

我爬上桑葚树吃黄昏的红果
群集的黎明和苍头燕　欧椋和麻雀
与我同坐

旋木雀如风缠绕立柱
斑尾林鸽连绵不断标记死亡的节奏　空气中
满是纯氧

对我来说只是时间有点长世界会上下翻转
我会落入云层的羽绒被中
溺毙于它们的天国深渊

于是我向上翻转我的头　顶着积云的层层无边帽
看似欣喜若狂像走向修院食堂的僧侣们

有时我坐在桑葚林间直到星星们点亮
第一批中式小油灯和亮出仙后座的模糊踪迹

有时一只蝙蝠误袭我的脸有时一只金龟子

陷落我的发丛——我小心翼翼地取出它

将它托附于一片桑叶

因为每一生命都值得拯救每一生灵

都有神圣标记

值此恻隐怜恤

当我回到大地　黑暗之黑幕布落到

我的头上——那是查理的马车①，天狼星之眼

那是灵缇的颅骨

那是木星的罗马古币在夜的节奏里咔嗒作响

在颤抖着自杀的月之盈亏的床褥中当啷有声

小心翼翼地　时间道路的迷蒙在我体内拆开卷筒——我有

自己的历法　秒分时的大理石粉

在我体内涓涓滴注如身处一只沙漏

---

① Charles's Wain，查理的马车，即北斗七星。

 **溺水的树**

浸渍于你的悲伤……

浸渍于你的悲伤
我像棵沉于水的树
汲水过度——溺毙之前
你试图挽回失去的热度
从我的灰中——湿木
不起火

我看见风在你的眼中……

我看见风在你的眼中
残梦的碎屑踞于
你的睫毛——天空名流们
已用新方式咳嗽可你仍
保持沉默——你松散开
沉默之发只为
使我愈加渴望
它的摩挲之声你用
你的赤身裸体剥光我
你用无声耳语刺穿我
——爱我之法一如
我爱盐
因其咸

记得某日在你家乡……

记得某日在你家乡
——漫步在两侧
树教堂林立的
道上——绕肩之手
被你肩的轻颤弹动

那是我第一次
感受到痛苦——日后
将会撕裂我的痛苦
——那是我第一次发现
天上的牛奶路清澈
如你眼中露

你驶过我……

你驶过我
像急流湍河
你的声音渐远
在我身内　像遥远呼喊的
回声远遁

我湮没于你
像银币沉水
我消失于你
像被捕食之鸟
在远方无踪

你是鸟羽之光洁……

你是鸟羽之光洁
是僻远小店
之悲伤——你的身体
似路易斯安那原野之棉
我愿是采摘它的
黑人——你是
一滴水中的光　良善和
山溪的潺潺脉动
在你身内——我愿我正在
河中捕捞鳟鱼放走那
是它的你——你是那
低声耳语的海螺隐藏着
凄凉海浪声声
我愿是那归海
而去的河　押进
我的身体
消失于你

你离我而去没有说再见……

你离我而去没有说再见
剩下我头脑一片空白
如光　晾在室内

——回来　你突然想起
我的名字　我的痛苦上
开出一道门　漏进夜色

我需要你的温暖……

我需要你的温暖　你手的
抚摸是飞蛾之翼般的
柔软天鹅绒

我需要你的声音　飒飒
掠起的词快疾如
刀之锋刃过耳

我需要你凝视的光辉瞳仁
它们明亮若刺目水波之粼粼

我需要你的良善——笑之风
催开的面容之花圣母般
倾覆于那群孩童头顶的
天空

心不跳气不喘……

心不跳气不喘
我们正逃离自己
我们想要无痛地拔除跳动
在我们体内比邻筑巢的
痛苦灌木丛我们感到血
奔涌溢出爱与恨——我们当然
不会去切手腕我们也不会停止
思考自我——躺在词的
十面埋伏里我们等着直到
感觉的苍鹭鸬鹚惊飞
阵阵——在我们容貌盛草鲜美的
掩蔽下我们等着直到被烈日骄阳
烤焦的它有朝一日
以历经沧桑之态出卖我们

你飞去克拉科夫那天……

你飞去克拉科夫那天
我的思念变成了一只小鸟
尾随在你身后
你还记得吗
在圣玛丽大教堂前的市场广场
你坐下休息的那个石墩上
我在你肩头　发梢
它们之上的蓝天里
和其他鸽子们一道
为你咕噜噜哼唱了一个下午
尽管你似乎没听出
哪只是我

你最美时是被雨水清淋……

你最美时是被雨水清淋
你的头发上有细小水柱冷冷滑落
你的额头闪光——在我眼中你
似一枝初柳松手亮出了攥紧的
第一抹新芽

你最美时是你仰头观星
星光梦落你的双眸在你身边
已没有我——我感到我的脆弱和不真实
顷刻融入了高处深蓝冰冷的空间

你会死吗?

你活在
我之中

但我不知
我能否

从你处
幸存

最初你是达·芬奇的蒙娜丽莎……

最初你是达·芬奇的蒙娜丽莎
然后是提香的玛丽·马德莱娜
你是鲁本斯画中的女子
是伦勃朗的萨斯姬亚你在
戈雅和庚斯博罗的画布上
现在你是雷诺阿和德加的女孩
我战栗地想你将会是什么
当你将被毕加索　布拉克
或萨尔瓦多·达利
描画

放　手

在你体内有成年妇女的悲伤
和稚齿儿童的快乐
长久未见后再见
我想要告诉你你不在身边的
每分每秒我想要成为
你生命里的最好——在你体内
有路过街头一男的妇女之
冷傲孤高和迎迓慈母之子的
温煦深情——我愿你
永不受饥寒搅扰永远
有某人可以等候

我曾沉湎于你的悲伤……

我曾沉湎于你的悲伤

好似居住

在水底

撒着越来越多

谎的迷离光欺骗

我——在"每日"

之岩石身后

是恐惧

猎食成性的

影子

你从未为我的外套缝过一粒纽扣……

你从未为我的外套缝过一粒纽扣
从未洗过我的衬衫——从未让我
整理好拉链从未谈论过
我的每日生活从未问我昨夜睡得好吗
——对我你从来不是个母亲对我
你从来不是个爱人你是美本身

我贴紧你的胸口……

我贴紧你的胸口我想要听
生命的神秘温暖像光揭示出
你所经受的寂静之内在意义
我听着你正常的心跳　我像
是岸边的一条海难船——我被
你沉默话语的一个个浪头击打
将我越来越远地推向远离你
灵魂深渊的未知陆地深处

哦　我渴望……

哦　我渴望现在能握着你的手
感觉它暖意的光滑理解它
单纯的完美

哦　我渴望现在能抚摩着你的发
看着它辉映的日光和夜的
梦笛哨声

哦　我渴望现在能触摸你的颈项
牢记于心它那看似
简单的形状

你在想什么当我不在……

你在想什么当我不在
你怀抱的触拥中时你将什么
抱怨放在了镜子和
一扇窗的冷黑脸前——
当我沿那些房顶行走
我能看见你房间的灯光看见你
躺在沙发床上哭泣然后我来到
你房前敲门——你用百合盛放的
笑容欢迎我告诉我你度过了
愉快的一天——当我继续走在
我的梦中你的房顶上我摔
倒在了人行道上

这里我和一些披头士的歌……

这里我和一些披头士的歌
罗伯特·普兰特①的金属嗓音在一起
日子有气无力地前行只在
某些时候吐出悲叹好像有人
死了——在上下车之间
有一眼打战的不祥之兆——
我有你的一缕头发几张快照
和着痛与梦的苍白是嘲弄地环绕我的
粉色沉默　苍白的巢筑得离我越来
越近　还用女人们投给我的
像救济品一样的眼光覆盖我

---

① 罗伯特·普兰特（Robert Plant, 1948— ），英国摇滚歌手、创作人，曾是著名重金属摇滚乐队齐柏林飞船的主唱。

我们了解对方到甚至可以说……

我们了解对方到甚至可以说

我们压根儿就不认识对方

你永远会离开　也永远会

回来把日子的衬衫收拾

清爽到你的脖子——像一闪而过的

电车车窗后的妇女般

沉默　像凌乱芜杂的床般

忧伤——总是望向远方的你

看不见我在一根悬在

你我之间的钢丝绳上

向你招手

你敏感如眼之虹膜……

你敏感如眼之虹膜　为
被日光脱下剥光你
而震惊

你在等待一个永不结束的
夜　像枚眼睑般把你
与光隔开

你目眩头晕于我对你的真相
侵入式搜寻的
探照灯

我开始了解了　你
也正在寻找它　我
开始了解了　你
企望在你的体内找到它

时间之发有如深秋干草……

时间之发有如深秋干草
窸窣有声——你离开我
逃进枯叶真实的痛苦深层

缄默塞听　我寻找着微光闪烁
废除沉默的苍白口唇——我学会
辨识不确定性的种种征兆

日光的唇吻粗糙似木
——你藏自己于窒息般
郁郁寡欢的无依无助

独自埋头于你的风声阵阵
我终于触到了无声无言的
喑哑诸色

一封信

我曾想我们应该有个未出生的
男孩他不会祈求垂怜——
虽然你不想永远和我
在一起——但你可以
在任何时候来看他我们会
定居在附近——在夜晚的
一边我会用毯子盖上他
在白天的一边我会带他
去散步——如果你碰巧遇到我们
请不要转身离去——即使你手上
牵有另一个小男孩或小女孩

高速路上小梦语水者

似乎是
温暖的静夜我梦到
一个黑发红唇的女子
我拥抱着不存在的她抚摸她
遥远的温暖为她轻声念出
落在车窗上理想之爱的
一粒粒水珠　直到
车灯扎眼
骤亮　瞬间
回到黄昏

比利时，2013

瞬　间

雨点沉重,疾聚
仓促的黑蓝云峰
堆垛于地平线上

丁零抖颤的亮蓝
刺穿辽远的浩瀚

寂静,木然闪耀在白昼的
动脉里一如圣血居于其神庙的
大理石神性中

麝香渐渐变为你的唇吻,快看
黄金雪盲了伊丽丝的道道彩虹

黑玉匆匆,据你的发为己有
睫毛让位给了银和紫罗兰

死,失其时日
你,默然离去

迅疾消失
死去的发光的时间

旋即雨
落

安特卫普，2013

我　愿

我愿为你成为那
月见草金盏花脂的
止痛油膏

成为处理伤口的碘液
大热天里的水
多么沁凉

我想要给你没有疼痛
和苦难的世界

用我们身体的温暖
我想要建起
庇护所——

和你一起走向
生命的边缘

一起去探索

黑暗世界

还有在时间的
最后一刻一起
化为乌有

多么清晰的
火

 黑丝绸

独角兽的血

你的颅骨是燃烧着意识的碗
梦的鲜红火焰暗烧在其中
你看进黑暗　看到
半人马小行星群消失在恒星风里

你是天堂的承诺　地狱的威胁
在你体内身带儿童
和头戴琐罗亚斯德教法冠的
饮血古人

你的宿命是不朽
虽然你从未经历它

你的宿命是死亡
虽然你从未触碰它

你的宿命是存在
但你并不存在——

你的温柔惹恼那瞎眼的矮人

他穿着丝绸的无袖法袍

踞坐于王座

你的敏感缓解

水晶独角兽的愤怒

你凝视黑暗　看到

法老王金制的脸

始皇帝的兵马俑

艾德林的白色太空服和黑檀木图腾

金盘和哈德良的银币

你看见玛丽·斯图亚特的头如何坠落

沙粒如何让钥匙大篷车和死城陷入沉寂

看着群星　你成了宇宙的瞳孔

低下头颅　转向农牧神颊上的

一滴泪

在你之前有很多道路误导你

也有很多失去的时刻

在你之后是第一日　第一夜
在你面前是最后的
梦

笛卡尔的头盖骨

这是一个人的头盖骨
眼窝空洞的冷棺材

它比三十年战争
要命长

它的梦中装过
乌尔姆市①的暴风雪

它里面回响过上帝的话
我该追随哪条生命路②?

它盛过的东西里有个形象
是思考不停的那个人

还有个宇宙是无动于衷的那一个
还有黑色油脂在那嘴上……

---

① 乌尔姆市（Ulm），位于德国巴登－符腾堡州。
② quid vitae sectobar iter，拉丁语。

然后它躺到了地下
一个冰冷的坟墓里

被黑暗之缎面层层裹尸
比黄金还要贵重

眼下它是人的博物馆中
之展品一件

任何人都可以将它拿在手中
任何人都可以掂量其重

它不思因而
它不在

一个人的头盖骨
一个空之小棺材

在布隆姆堡市^①发现的德国士兵墓

这里来到了时间的尽头　这里他们的
意识中寂灭了黑森林的冷杉　莉莉
玛莲的嘴唇希特勒的声音

这里在维斯杜拉河岸的干沙地上
五十年时光搁浅在吃水浅的
底部

没有名字和永垂不朽
没有眼睛　没有
血管脉动

骨头在骷髅骨徽上
很快
头盔上

---

① Bromberg,即诗人所生活的波兰北部城市比得哥什,布隆姆堡是其德语名。该城被普鲁士人称为小柏林,城中的运河、宽街、公园、大型公共建筑遍布着普鲁士式精确的痕迹。

没有棺椁没有牧师的
只言片语没有垂怜

没有瓦格纳的
音乐

每一场战争都是
美的屠宰场

每一个死亡都是
战争

之败

爱因斯坦之死

1955 年 4 月 17 日护士艾伯塔·罗泽尔
发现爱因斯坦在睡梦中艰难离世——
当时他头冲着门口她听到物理学家
说出了几个德语词　姐妹不
理解它们　时值 2∶25
爱因斯坦死了

永远尤人知道最后时刻从他口中
掉落的是什么词　永远无人知道他是想要
他们拯救世界还是要世界诅咒他们

也许像耶稣那样他呼号"我想要"等着醋
被海绵吸尽　也许他会要求给他一把
小提琴演奏一曲他最爱的巴赫康塔塔

或者请求上帝原谅并赦免普罗米修斯的
罪　也或许疑心 $E = mc^2$ 的魔术
或是寻找给出一个
贴近生命和死亡的方程式

永远无人知道曾经什么词
从他最后的开口中掉落

永远无人知道为什么爱因斯坦
没有拯救世界

黑丝绸

我站在路边
比一只瓢虫或飞蛾还小

比一滴乌鸦的眼泪
或杏仁还小

比一粒亚麻种子还小
比一根雌鹿的睫毛还短

惊恐地　我
抬起头

聆听
永恒

这匹黑丝绸
发光的声音

幽灵纸牌

你去哪儿　流浪的人　背着一捆风
拄着一支寒冷
你去哪儿永不止步的流浪者
你梦中的城市并不存在
遥远他乡的圆屋顶——只是头颅
望眼欲穿的女人的头颅　它是块岩石
哦流浪的人　永不止步的流浪者
你梦中的桥梁并不存在
这脉搏只是
神的低语
渐逝的嗡鸣

所有这些你写在我身体里的……
——给仁慈的莱昂纳多·科恩兄弟

所有这些你写在我身体里的歌

你的每个词都像蔓生的霉斑我的尖叫

将我掷入你闪光的沉默

你是神渴望着我的反抗之雨

击打你吉他的弦

你的眼泪你的血我的汗滴

自行奏成和弦

你知道我坠入睡眠的时刻

我将被自己的呼吸吹散

你知道我在清早起身的时刻

我将摆弄我的音响来听你

再次告诉我**但我必须前进**

未拓的疆域是我的监狱

所有这些你因我而写的歌

弟 弟
——给彼德

弟弟死时只有两个月大
五十个人也造不出机会
给一个心脏上有洞的男孩

氧化的怜悯
静脉滴注的希望
不为他而在

他们将他埋在
一棵小小枫树下
如今树已枝繁叶茂

一领小小白棺
两位姐姐抬着
如今她们也已作古

弟弟死时只有两个月大
我燃起一支蜡烛
在大地的保育箱上

那里五十个

二十世纪的人

与他始终丝缕相连

如果你曾在臂膀里……

如果你曾在臂膀里抱着一个
号哭的婴儿

如果你知道他的名字是阿道夫·希特勒

如果你知道对于世界他就是那个
要成为的人

你会将他扔进
火中

你会将毫无防御能力的他扔
进火中吗?

文 明

意大利弗拉斯卡蒂镇上
六岁的阿尔弗雷多·兰皮

和他的伙伴们
在自流井附近玩耍

当他掉进井里
他哭喊着妈妈

这种时刻人们忘记了
唇上的血眼中的盐

但是没人成功地救出男孩
尽管有些人设法碰到了他的手

最终是许多个小时的孤独
烂泥压塌了他的身体

有那么片刻一个骄傲的文明

用摄像机扬声器闪光灯向他鞠躬

有那么一会儿小酒馆里的喧嚣声停止
有那么一个瞬间无线电波消逝

世界在成千上万男男女女的
泪水中被点燃

够得到星辰的离奇古怪的世界
却不能从泥坑中救出

一个哭喊的孩子

它走在它的盲主人身边……
——写给一条在街上看见的狗

它走在它的盲主人身边

它紧靠着人行道沿　裙摆　电线杆　树干　楼梯间停下

盲人的狗从彼得·勃鲁盖尔的画中

一步步走来

手牵黑暗之白藤条的盲人　的狗

害怕每一声嘟哝的盲人　的狗

用湿漉漉的智者般的眼

它凝望远方

喘息　喘息……

有谁曾见过一个人

领着条　盲狗

沿街而行？

画　家

公车正驶向乌有之乡
那些人死在出生之前——

　　：他们的脸像干树叶
　　　这不是实话
　　：他们的手指让我们想起耶稣荆冠上的刺
　　　这不是实话
　　：每秒钟他们的心都在碎裂
　　　这不是实话

公车已驶进了时间的死胡同
那些人忘了在终点站
下车

加尔各答的特丽莎妈妈

穿着不值几个卢比的纱丽

特丽莎

妈妈的尸身

静静躺着

人们涌来

麻风病人

饥饿者

下层民众

他们鞠躬　唱颂

哈瑞-克利须那① **哈瑞**

哈瑞

或是：**万福玛利亚**

你充满圣宠②

---

① Hare Krishna，礼赞印度教克利须那神的颂歌。
② Ave Maria, gratia plena，意大利语，对圣母玛利亚的祈祷。

她残疾的儿子们
受难的女儿们

——广布的传说
  在一个梦里她站在
  天堂的门口
  圣彼得说：
  回去——这里没有
  贫民窟——

      于是她回到她残疾的
      无人要的孩子们身旁

      回到她的姐妹们身旁——
      愁苦仁慈的守护者

      善良的神为她找到
      一些神圣的麻风病

      为她找到几个
      跛腿的天使和被遗忘的
      圣徒

      准许她穿越所有

永劫

护理你的

儿子的

伤口

莱斯克的犹太人公墓

黑色的墓碑躬身向大地
抽泣的桦树影瑟瑟舞蹈
在雾的旷野和坡地上
犹太人——永远的流浪者
在铺满细沙的路上曳足前行

有几个登着空气中
水晶的楼梯井

有几个爬向地上
渗血的光柱汇成的新垦地

——来自贝乌热茨、特雷布林卡和索比堡①的犹太人
熟知这岩石 这沙 这黏土——

哦 雅威② 伟大是你的荣耀

---

① 贝乌热茨、特雷布林卡、索比堡（Belzec、Ttreblinka、Sobibor），"二战"时期纳粹德国建于波兰的三处集中营。
② Yahweh，即耶和华，上帝。有学者认为耶和华（Jehovah）这个称呼是误读，应当读作雅威（Yahweh）。

哦　雅威　灰烬和尘土的播种者
哦　哈努卡①大烛台的光辉
哦　克拉科夫和蒂科钦②犹太教堂的回音
哦　雅威　拉比中的拉比

哦　莫里斯·戈特利布③的眼泪
威廉·瓦赫特尔④画中孩子的眼睛
噢　带着弗里兹·克莱曼版托拉经⑤的犹太人
噢　扬凯尔·阿德勒和布鲁诺·舒尔茨⑥的阴影
某个地方一定有绿草茵茵的新垦地和
看不见围墙的大神庙——在那里　犹太人
攒聚和天使共舞到天明

消失在尘埃中的路通向那里
那是一处
老旧的犹太人公墓
那里冰冷的影子和影子相遇

---

① 哈努卡（Hanukkah），在十一月或十二月举行的历时八天的犹太教光明节。
② 克拉科夫、蒂科钦（Kraków，Tykocin），波兰两城市名。
③ 莫里斯·戈特利布（Maurice Gottlieb，1856—1879），犹太画家，属说波兰语的加利西亚犹太人，23岁时因情自杀。
④ 威廉·瓦赫特尔（Wilhelm Wachtel，1875—1942），波兰画家、雕刻家、插图画家。
⑤ Fritz Kleiman's Torah，托拉经，即摩西五经。
⑥ 扬凯尔·阿德勒（Jankel Adler，1895—1949），波兰画家、版画家。
布鲁诺·舒尔茨（Bruno Schulz，1892—1942），波兰作家、画家、文学批评家。

上帝看着世界看着……

上帝看着世界看着汽船漂游过
大西洋　普鲁士军团行进在哥尼斯堡①的街道上
第一批闪光的小汽车时装帽
穿着迷你裙的舞蹈女郎

上帝看着一波波血浪　士兵们运送火车大炮
战场上满身泥浆的希特勒下士　正思考着权力
火药的权力　黑色鸟群越过巴伐利亚　普罗旺斯
精神错乱的上海武士
还有正生出凶手和牧师的母亲们

上帝看着赤裸的人群被推进毒气室
那里遭逐者被驱赶着走在俄国的道路上
那里旗帜鼓翼　那里弗洛伊德演说着

---

① Królewiec，哥尼斯堡的波兰名，俄语名为加里宁格勒（Kaliningrad）。哥尼斯堡（Königsberg）是德语名，乃"二战"之前的旧称。"二战"前哥尼斯堡是普鲁士王国的东普鲁士省首府，"二战"后成为俄罗斯的一个州。

人类自我　玛琳·戴德丽①
拉平她的长筒袜

上帝睐眼看着——将很快被世界忘记的人们
倚墙站立　数千只手指扣动扳机
约瑟夫·维萨里奥诺维奇②装着他的烟斗
图坦卡蒙③的面具在非洲的阳光下闪闪发光
各种公告的狂嚣打断了
贝多芬第三钢琴协奏曲

场景和脸明灭闪烁——玻璃和钢铁纷纷破裂
水银和大理石变成蒸汽　机器苦干着

最大限度的革命　埃菲尔铁塔的影子
在塞纳河上移动

齐伯林飞船和梅塞施密特飞机
在阿尔卑斯山上空飞翔

---

① 玛琳·戴德丽（Marlene Dietrich，1901—1992），德裔美国女演员、歌手。1999年，她在美国电影学会选出的百年来最伟大的女演员中位列第九。
② 斯大林（Joseph Vissarionovich，1879—1953）的名。
③ 图坦卡蒙（Tutankhamun），古埃及新王国时期第十八王朝的一位法老，他为现代人熟知是因为他的坟墓在三千年的时间里从未被盗，直到1922年被发现。

庇护十二世①俯身在麦克风上
加尔各答的特丽莎妈妈擦去一个孩子脸上的泪
血的王权倾覆

叶赛宁②大笑——怎样的一个世纪　怎样的一个世纪
查理③向寒冷的宇宙抬起他的圆礼帽
孔雀舞曲④飞覆于死去的公主身上

马克上涨　美元走低　卢布蒸发
像从**纳甘**⑤枪中射出的子弹

上帝看着
这个世界

---

① 庇护十二世（Pius XII，1876—1958），第 260 任罗马天主教教宗，1939—1958 年在位。原名 Eugenio Maria Giuseppe Giovanni Pacelli，2009 年获列为可敬者。
② 谢尔盖·叶赛宁（Sergei Yesenin，1895—1925），俄国著名抒情诗人。
③ 指查理·卓别林（Charlie Chaplin，1889—1977），著名电影人。
④ 法国作曲家莫里斯·拉威尔（Joseph – Maurice Ravel）作有《为死去公主而作的帕凡舞曲》（*Pavane pour une infante défunte*，1899），帕凡舞曲，亦名孔雀舞曲，诗句化曲名而来。
⑤ 纳甘（nagan），一种枪名。

燕子的土地（选章）

成群的死乌鸦落在
草地和公墓上
雪低语如海
　　　*
谁赤足踏花
谁喝着黑色果浆
谁唱那些无词的歌
　　　*
告诉我关于石头城上的一个黎明
关于滴落海中的
一枚太阳
　　　*
我手握一根旗杆
看着猎猎旗帜
我看见了神性
变幻的脸
　　　*
罗马圆形竞技场在我身内
血的露滴

在大理石的法翁①

额头

    *

一个天使装扮成蝙蝠

夜的金色球碗

闪烁群星

    *

一间长期以来死去的

红衣主教和教皇穿越时间的紫苑

列队游行的秘密会室

    *

克里斯托弗·哥伦布的船

变成了一只

基督鼓袍如帆的

黑色贝壳

    *

雨拍打着虚无神庙的

屋顶

    *

血被吸入盐中——一颗种子从灰烬中

抽芽

    *

---

① Faun，希腊神话中的农牧神。

如果真理意味着仅是一点
谎言
生命意味着
对死亡的恐惧
那么剩下的就只是喷出的一口烟和火的一声
干硬的爆裂
　　　　*

几枚钱币相似于
一只死潜鸟
和苦涩泪水
冻结成的冰凌柱
　　　　*

用夜的黑墨水写作的他
梦着永恒的白昼
　　　　*

片刻前我看见了一块林间净地
在树木化石间
　　　　*

我喜悦地看着开花的莱姆树
它们的芳香唤醒了童年的花园
　　　　*

那个女人曾被我伤害过
她的身体吸收了
我的肮脏

*

我梦着被一根荆刺钉住的

燕子和伯劳鸟的土地

　　*

如果上帝存在他现在就与我同在

此刻　　只是像我这样

深深地吸着开花的空气

　　*

别走那条路黑色黎明的天使

我已在那儿

　　*

寻找第四度空间

你会发现一个透明的

影子——从遥远圣地归来的

朝圣者的致哀黑纱①

和钟固定的脸

---

① cypress，丝柏枝，常作致哀标记。因而该词也有"致哀黑纱"义。

新时代的挽歌

在第二个千禧年的终结处
我看进一个新世纪的黑暗
正在开始的明天　无辜者将出生
该隐会杀死亚伯

什么也不会停下
泪水和血的涌流
弥赛亚不会降临
时间不会完结

军队向着天空
行进
导弹绣织
死亡的纹章

一些人将永远消失
其他人
会在无限的数字网络中
记下语词和脸庞

只有耶稣和佛陀

不会停止对虚无的审视

只有痛苦的火把

不会停止冒烟

奥斯威辛和冻原上

沉默的死亡会消弭

甘地和斯大林的言辞

会沉入时代的沥青中

迷你——骗子们和大赌王

有同情心的统治者和喜剧皇帝

都要睡着

年轻人将毁坏公墓

一个老年人会把活结套上他的脖颈

    而你我的朋友正站在我的墓碑对面

    意识到这首诗是个历史的回音

    看进下一个世纪的深渊

    并告诉我

路
伸向哪里

人的
归宿在哪里?

神　秘

我想告诉你
我的渴望

但我怕
它会随你
消失

在五月

某夜我醒来听着自己的心跳
平稳的节奏像前进军团的
遥远回音

像冰冷宇宙角落里
永恒的喃喃低语

——别忘了你一直
在向着终点行进

——别忘了你的钟
计算着

从第一口
到最后一口

呼吸间的
分秒

有时我感到似乎某个人……

有时我感到似乎某个人在我体内
伸出胳膊要飞

有时我感觉像一只蜗牛正爬上
基督小小的闪光画像

有时我感到似乎金莺们
飞过了我的心

有时我感到像弥赛亚
伪装在舞台小丑的衣服里

有时是我自己在每一小块现实中
有时完全不是我

有时我是一只逃离拍子的小虫
有时我是挥向小飞虫的拍子

有时我感到似乎某个人在我体内的
深渊里伸出胳膊想飞

非存在

最后的男孩们回家
但是我留下看着渐逝太阳
在一棵高大白杨顶端的
自然景观

也许我是以背影出现
在卡斯帕·大卫·弗里德里希①
画中的一个孩子

也许我是墓地一鸟
已然安眠

也或者我是一日
之阴影

也或许我压根儿就
不在那儿

---

① 卡斯帕·大卫·弗里德里希（Caspar David Friedrich，1774—1840），十九世纪德国浪漫主义风景画家。在 1920 年代被表现主义者重新发掘，1930 年代和 1940 年代初的超现实主义者和存在主义者们经常从他的画作中汲取灵感。

我是谁……

我是谁——站在一个墓地
中央　凝视着上帝
雕像的石头
脸

你是谁——悬钉在大理石
十字架上　盯着站在你面前的
人的脸——

那么我们之间的空间
是什么？

一个瞎眼男孩在起居室……

一个瞎眼男孩在起居室
盲目地看着一点

他没有意识到一面镜子
悬在他的面前

他没有意识到一个瞎眼
男孩在镜子里
正看着他

一个眼睛无望
失明的男孩

在某个点上
被瞎
对准

不要停下……

不要停下
时间

不要去挽救
感情

时间摧毁
一切

一切远走

但是你拯救
良善

提高你的
热度

找寻
那真理

在变为

尘土之前

你拥抱眼中

世界

你将从远方

看到存在

这已足够

足够

祈祷文

I

晨昏之主露与盐之主
让我无数次浸我首于
寰宇之魔术天篷　让我
紧随日之朝圣者夜之
朝圣者的队列

在那路的尽头有闪耀之许诺
有自信将获得热与光之奖赏的黑暗
之许诺

在那路的尽头有一盆清水
为疲乏的腿脚而备有碘酊
将敷上被荆棘刺扎的伤口

清新的湿风裹绕
汗湿的额头和两枚

提比略头像铸币

痛苦之主奶与火的
光辉让我一次次从你
蜇痛的唇之杯里
啜饮

II

精力泥炭和铜之父
我不是本该在你计划中的那人
我离开比平滑的石块飞过的
空中路径还要遥远　我离开没有
听见你的呼喊——被黑暗力量引导
我依靠皮毛血肉而活
以痛苦的泪水洗面
我放声大笑　我向着你的书
啐出唾沫

鱼卵蚕茧和没药之父
我是那岩墙之门上的
卵石一块　但看似
在我体内有那大山之力

我的反抗于你只不过是

一道阴影的静静汹涌

是的　罂粟羽毛和银莲花
之父——如你
所想要的

我归来

Ⅲ

我们来谈谈蜜与荆棘之父——许多事
都变了自你最后一次对我
开口

我尝那苦涩痛苦的浆果
我饮那带毒的时间之泉

我处身不是我的所在　我是
不是我的那人

我直视谋杀者们的双眼　犹大之兄弟们的
彼拉多和一个个法利赛人的

我听着小偷们偷窃财物和身体的故事
我看着违禁女人的泪水

我遗落了信仰又失而复得——我盲了眼目
而后又能看向光与暗之新月

我聋了双耳听到了
垂死之城的喁喁耳语

夜里我不能醒来——我梦见被大风鞭笞的
树和流出汩汩鲜血的果

我梦见空空的教堂和挤满了
人的小船

是的　黄金和煤烟之父——我知道你在那儿
你将手放在我的头顶支持我
任我前行——

所以我行走从一堵墙到另一堵墙
从一堵墙到一扇窗

潦倒与坚冰之父和我谈谈吧
我想要再次
听到你的声音

所以　请和我谈谈吧

 云雀经销商

河·黑鸟·空

站在埃利斯岛①
看哈得孙河上波涛,我问自己
我是谁,当我在希维特泽湖中撞上
自己的倒影

当我光芒闪耀立于勒曼湖
黑色的入口

当我不置一词掠过
勃兰登堡门

当我在波希米亚边境小镇
发现自己在静候火车
当我踏着维尔纽斯
墓园里的点点露珠

---

① Ellis Island,埃利斯岛,美国纽约州纽约港内的一个岛屿。与自由女神像的所在地自由岛相邻。在长达半个多世纪的时间里,埃利斯岛是移民管理局的所在地,许多移民都是经由这里踏上美国的土地。哈得孙河(Hudson River)末端汇入纽约港,该河是纽约州的经济命脉。

当我站定舌尖上走过
巴塞罗那的阵阵微风
我是否还是那同一个

孩子，曾满心欢愉
注目

林中溪泉汩汩湍流
一茎枝上悬晃的黑鸟
世界在我体内
展开

世界在一条光辉灿烂的河中
飞奔穿过我
留下的是孩子般的温柔
易碎
留下的是脓肿溃烂的
伤口

一只鸟的眼睛冷冷地扫过
遥远的空之地平线

小女孩
　　——给蜜拉·希佩尔

一个犹太小女孩
无望地看向黑暗

她的心颤抖如将熄的
风中烛火

她曾遇不义恶人
看到眼泪　鲜血
和大火

从监狱大门后
从铁丝网眼中

她无望地看向黑暗

多年后我在美利坚遇到她
她切着面包讲说
她的丈夫
一个多么好的男人

研究着她短暂易逝的躯体

而我用
被剥夺了
渴望的
永恒母亲之痛苦丝巾
缠绕起她
和她的儿时

让她纯净
如泪珠之
爱与痛

来自中央公园的石头

我从中央公园带回数块石头
它们在美洲躺了数百万年
等着我的手

我从地上拣起它们　放进
口袋

它们随我飞越
大西洋

现在它们躺在书架上
而且会在那儿待下去

我摸着它们
想到——

多少往事已在我生命中发生
被棍棒击打过多少次
被唾骂　被欺骗

浑身战栗　几近疯狂
我不能再触碰它们

我想到同一条街上的
我的童年伙伴和敌人
我的激情和孩子们的出生
饥饿的时刻
平和的时刻

来自中央公园的石头
何其温暖又
何其冰冷

像人们——如此生鲜活猛
而后　如此死寂沉沉

公 主

怅然若失坐看附近
哥伦布环岛①的
红绿灯闪烁

其美不可言传
容貌难下
笔墨

在哈特谢普苏特女王②的时代
她许是一位高贵夫人
或腰悬金饰的舞者

但在此地她憩卧草坪
细长手指轻抚草叶
她其实已远远漂离此地

---

① 哥伦布环岛（Columbus Circle），纽约市曼哈顿地标，1905 年建成，坐落在百老汇、中央公园西大道、59 街和第八大道的交叉口，任何离纽约市的距离都以此地为起讫点计算。
② 哈特谢普苏特（Hatshepsut，约前 1508—前 1458），古埃及语的意思是"最高贵的女士"，她是第十八王朝法老，古埃及一位著名的女法老。

处身遥不可及的时空深处

她的生命将循其自身的道路
而我的时日也将在完结时自行完结

只有一次我们以目光轻抚对方
只有一次

我们的镜像在彼此眼中
熠熠闪光

像风媒的
植物花粉

像一只美洲鸫羽上
闪亮的高光

老犹太人寻找纽约

站在伍尔沃斯大厦①旁看着
其上高塔——

1920年他初到美国时这是
世界第一高的建筑

他在那里挣下他的第一个美元
和第一个一百万美元

在那里他遇到米里亚姆他爱她
自始至终

他伸手进口袋　掏出
一枚硬币缪斯　看着她对他的爱的
回馈

美元几乎无价值地

---

① 伍尔沃斯大厦（Woolworth Building），纽约市的一幢摩天大楼。建筑师卡斯·吉尔伯特（Cass Gilbert）设计，属新哥德式建筑，建成后高241米。

勾销了

年轻美貌妻子的
存在

这么多年过去新的人们
出生——建起更高的摩天楼

而他不变地行在路上始终
等着那个人
你的首肯

——好雅威在天上照看着米里亚姆
告诉她我做着最后

感兴趣的事　走在路上——就让我们
灰狗巴士就要来了

让太阳最后一次
为伍尔沃斯落下

美国小姐

纽约街上的人们
凝视不可见的某个点
装作没看见彼此

其他时刻他们
投出匆匆数瞥
快速估量距离
和价值

然后消失在远处——路过
日本色情充气娃娃
雕塑般的女黑人　脆弱的
俄罗斯妇女　一个流浪汉
推着手推车里的
全部家产

一个极小　精灵般的干瘪老太婆
拖拽着自己从一条长椅到另一条长椅
乞讨几枚

小钱

哼唱着苍凉古老的爱尔兰民歌
可是没人在听

没人把硬币放进
她小小的伸出的
手掌里

于是她疲惫萎靡
倚着街边水泵渐渐入梦

在一个警察叫醒她
之前　她梦见突然

变得高大光洁
她摇身成了美国小姐

读莎士比亚的穷人

问那丹麦王子是去生存还是毁灭
但是纽约沉默
漠不关心——

在毛毡上与纸板为伍
肮脏的男人

读着叛乱与抛弃的
故事

斜眼奥菲莉亚
经过

黑罗森克兰兹
跑向地铁

拉斯特法瑞信徒波洛涅斯
出口垃圾

福丁布拉斯并未
即将到来

时代广场上的灯
没有熄灭

穷苦的人思考着
实在
还是乌有

那个热狗堡

孤独在纽约

闪烁的彩灯绳索般的风
大街中央的黄色出租车
缓慢骑行的马警
巡逻队

流动的人群军团你站在
世界的中央聆听　印加人
奏响直笛

在你身前身后是阵阵冷风
风暴紧随你
黑暗阻断你

许多的想法在你脑中
奏响许多的计划

所以你看向道路

你大概在想——足以迈出第一步了

足以发现那影踪了

但你还在犹豫
但你还站着

仿佛世界没有存在过
仿佛时间已停止

走过布鲁克林桥

清早走过布鲁克林桥我想到
生命的两极——

令人惊异的出生和
神秘莫测的死亡

无穷无尽的脚步前仆后继
迈向虚无

清早东河上
晨雾渐起

白鹭飞翔
掠止岸边

跨桥钢索固执地闪亮
在黑之深中

仿佛升华的华光

时隐时现在活之苦里

清早走过布鲁克林桥我想到
生命的两极——

在暗黑中行在道上
渐渐隐入
清晨之明晰的光中

只在最后　时逢桥梁接引的一刻
听到彼此相逢的
声音

加拿大边境小路
　　——给妲努塔和萨莎

今天远离欧洲纽约的喧闹熙攘
我的思想漫游

在树与树之间
一只黑鸟与赤褐色画眉飞出的拱弯投下
温暖的浅影有时一只蓝色松鸦放声啼鸣
有时唐加拉雀在树梢顶端流血受伤

我能够像这样只是走　一直走
走到时日崩塌

我能够只是走
直到时间尽头

平静　信心满怀
对人类和我自己

远离仇恨
屈辱

我能够只是像这样活着

所以我也许会这样活

文化赞美诗

乘光与暗的英雄旅行　为你的时日战斗　没有人能够挡住你的去路发现你的踪迹　去你注定要去的那地方　——你的敌人准备好了　但你是那唯一　那最伟大者　那将要征服黑暗的力量——　哦　勇气和力量的灵感之主　智慧之主　为你自己而战　因为你的战斗意即成形为你的方法显形为你自己　因为你的时刻即创生——　思考条条未来的路径仿佛你已经在那里　避开断崖绝壁　飞越深渊　翱翔进天国圣垣　你是伟大者的后嗣　他们以紧密队列追随你　像硬骨头斯巴达人　像罗马军团和无情的斯拉夫勇士　你生来就是会给出神言之人　你生来就为成就那大成　你生来就要也因而摧毁那邪恶　损毁那破坏　创造神圣存在之哀歌

在伊利湖上

这是你孩提时代梦见的
神秘之所——

光闪闪的时间的领地,淡黄褐色的薄雾
疯人凄切的哭号——

无限地渴望
深与静——

焦虑于将会
变作什么——

确信　变作你中之物,神
相信——

确信,神
在那里

在净水中

富人的游艇
在船坞的净水中
在太阳下闪闪放光

周身是镀镍玻璃和
巴沙木黑檀的珍贵装饰

永恒的鹈鹕
踞坐在柱与石上

瘦削　高贵
它们晾晒羽毛
注目
人类

富人
和穷人

人类
和鹈鹕

在码头

一个孤独的男人怀抱吉他
站在码头

他唱着一支伤感的歌
关于美国南方的故事

关于一位母亲　来自爱尔兰
在远方的战争中失去了儿子

关于一个儿子　渴望家园
却在阿拉伯的沙漠中找到他的坟茔

歌曲温柔的蚕丝轻旋
停在沙上
贝壳上

弦音悲伤的回声散去
游向阳光
海水

这一切缓缓地　庄严地
不可避免地

陷入
存在的深黑

墨西哥湾

我坐在岸边　海
拍打着沙滩　留下海星

——平静
如墨西哥湾

——如欢快的鸬鹚
摇荡在浮波间

四周是万千贝壳
海草碎片
海绵
死海胆

——万物都朝着
不存在而去

——万物最终都
解体消散

只有海湾在宁谧
蔚蓝中持存

温暖水流般的平静
滴落我周身

——在存在之下的
梦幻曲的深海里

我平静
如墨西哥湾

两张纸

只有两张纸在布鲁塞尔
旅馆桌上——

我能写些什么填满
白色空间

清晨我看见年轻的黑人妇女
美若塑像　黑檀木
加黄金雕造　我不知
她是谁　爱过谁
何时来到欧洲
将往哪里去

随后我与老男人聊天　他自日本来
曾战斗在中途岛　善意的
面容　可也许当年正对着
美国大兵的头砍瓜切菜

此前我不知这首诗该写些什么

但现在纸片上已落满了词——

一个个人像是幽灵之光般的点点雨滴
在暗黑中瞬时耀亮
可不消片刻便无可挽回地
寂灭无痕

布鲁塞尔，2013

雨落根特

在根特市运河附近避滂沱大雨
我看向行行行道树　壮阔悬铃木树
昂然挺立护卫着垂铅银天

自行车上的人奋力骑行飞越城市　印度
女孩眉毛上亮着点点雨珠
侧立我身旁　洁白的牙齿耀眼

她开口　问我是否来自印度
我从来不知该如何否认
当人们每每误判我为阿拉伯人
吉普赛人犹太人甚至中国人

站在骑楼通透不见首尾的拱廊里
我仿如站在生命的一条岔道上

我缘何偏离道路来到此地
它又将把我引向何方

被困于这石筑管道当中
我一时迷失若无助男孩

根特，2013

在幼发拉底河岸边

我坐在那条伟大河流的
岸边思索着
世界——

对于任何人思考都无用
也无人能与关爱往来

在战争的土地上
转运中的血之鸟
歇脚于深渊

棕榈树闪光在
典范的光辉中——

火红太阳那永恒的圆
缓缓流淌到了
地平线后面

鸣蝉开始跳起

交配之舞

世界熄灭在意识察知的
头脑中　世界的中心
已被爆头——

人已是存在
之空空的皮酒囊

徒剩最后几滴

在其中等待
干涸

幼发拉底河边，2013

背着卡拉什尼科夫自动步枪的家伙

嘿哥们儿你们的世界怎么了
放下步枪时
你是干什么的?

也许是球场上踢球的
也许是某个长发女孩的
情郎?

随时光流逝　你背起生活
也不得不背起了枪

现在你保卫着政治时刻准备
为它献上你的生命

夜莺在幼发拉底河岸的金合欢树上
为你而鸣

水磨石牛仔布色的夜像一抹寂静
温柔落下

大概来自一颗子弹的死亡不是伤害性的
显然只能感到那热

显然世界的陷入停顿
是如初吻一般的

动情

苏莱曼尼亚，2011

库尔德斯坦山中此刻

驻停岩崖片刻
我望向远方
山峦　伊朗边境附近

右边夹竹桃紫蓝杜鹃
招摇

左侧德干湖
炫耀其银

像一条猫眼石色变幻的大鱼
尺寸似大洪水前的
怪兽　潜伏深深
等待上门的冒失鬼们

孤独小径导向
河口

牧羊人的小屋注目

叉路

此刻许是我
生命中最快乐一刻

平静安宁如山
身在库尔德斯坦群山
赫赫威严中

库尔德斯坦山中，2011

战争中的城市谣

不要步入身在战争中的
城市　因为他们会自
隐蔽处瞄准射杀你

儿子　不要去到那伊拉克
因为你会进入棺材
且无人抬它进坟茔

不要穿过那烦嚣的街道
因为一个狙击手标画
你身上某点只为赌来一支烟

不要坐上那公园长椅
我会呕吐在你身上
带着把刀的年轻人

不要站在那底格里斯河岸
因为黑暗中浮出黑陷阱
在破旧瓦罐　小树林里

靠近你　已然等你一千年
儿子　不要　不要去到
那身在战争中的城市　不要

巴格达，2013

亚美尼亚舞者

她一袭白裙跑进了画面
舞蹈　一片在半空中
旋转的湖水——

她精巧的手指自我安顿
渴望的密码

她精致的唇吻开启
沉默的花瓣

我目光流连于　她
像以闪光触角轻抚
串串葡萄的蝴蝶

她　耸肩叹息又像
在山中独自濒死的
无助牧羊人

我思忆起儿女

在纯洁与圆满之间
感受到关联之环的链锁

我变成了在永远失去
和始终与我们同在的

万物间那活的关联——
感受力自身

斯捷潘纳克特，2014

 **关于中国的诗**

中　国

我的中国像一个关于
远方和亲密的梦
一个迷路于茫茫群山
被黄河发现的国家

在青海湖
发亮的咸水中

我曾看着纱笼变迁的
迷雾和在我眼前展开的
水晶剔透的深

空气金属丝般颤动
一只鱼鹰跃起切断
几束明亮的寒冷

绿松石　青空　沧海　洁白
弥漫在高冷之水的深中

独行的妇女头戴草帽
走在群山中的
一条小径上

一个和尚售卖一本佛教
经书

父亲　母亲　儿子　女儿
弯腰触地　起身　劳作
在稻田里

中国中部，2009

中国人

目光凝注于心意的谦卑人们
生活在这个国家

像渐渐消失在雾中的山峦
那般遥远

又像竹林中一只鸟的歌唱
近在咫尺

它需要诗人来展示数以百万计的
灵魂之深

它需要一个诗人贴近了倾听
北方的　南方的

东方的　西方的所有嘴唇中的
低语和咒诅

它需要一个诗人来表达

行到中途的国家

它的至微　它的大全

　　　　*

看着东升的旭日

中国人骑自行车去上班

坐在公园里　或锻炼身体

妇女像红色花朵的茎秆

一样脆弱

男人如藏区的岩石

那般强硬

中国人

缺乏天赋地找寻着灵魂世界的

神秘大门

一个永不终结的不知足的

欲望之王国

湟源，2009

在紫禁城

是我　我的皇帝　给予你
爱和慰藉之温暖的二等妻子

我来自牺牲奉献的小屋生活
正如你说过的——

但是在我打开一道静脉
向着遗忘起航之前

我欲听到你的声音
我想要触到娇艳欲滴的玫瑰

我曾爱你像你爱
你自己的孩子

我曾爱你　孤独地
以常态的心醉神迷

我生了一个女儿但你

不想知道她

我生了你的儿子但你不
信他是你的

现在当我已在黑暗中看到
必然的煌煌威权

我只问一句话
只有一个动作——

我无憾地离开你
也不希冀一个更好的世界

像兰花凋残
像燕雀落枝

现在当血染
白绫　可证

我对你
自始至终的

忠诚

紫禁城，2009

偶瞥茶之道

我的心上人和我一起喝茶
黑茶黑如我的眼?

也许你宁肯要红茶
火红热烈如血涌?

绿茶清澈见底
我似见到了你的瞳孔——

白茶中芳唇的味道
一抹模糊的记忆

乌龙茶的苦味里
有在孩子们梦中潜伏的
那条龙

强大如你
可怕的膂力

突然掷出冷酷永恒一般

忽临的死亡

等着你我　人人

紫禁城，2009

道观里乞讨的妇女

满是皱纹的脸上尚存美丽残痕的
瘦小妇女在我出生前许久
已在此地

——总在一座道观附近　总在
悬铃木和一棵白杨树的
阴影里

她曾有丈夫　已死　曾有孩子
遗弃了她——她遇到过人们　他们
忘了她

现在她站在通向金色
象雕的台阶上乞求
一些神圣的小钱

有人给她纸币　硬币
拍照然后永远离开

她留在那儿带着她的悲伤

和一个温暖的微笑

因为她　古老的中国　有那么片刻

会头脑一片空白

很快　在命运的祭坛上

最后一簇焚香

即将燃尽

中国男孩的硬币

三个同龄的男孩好奇地
将目光锁定我——

我给他们拍了张照　给每人
一枚来自遥远国家的
硬币

他们笑着　蹿上跳下
好像那是一笔真正的财富

——很快　我就要离开文明
中心　并且可能永不会再回
此地——

小男孩们会将硬币藏起
放进他们最珍爱的宝物中

某日　当我离去
也许他们中某人会成为

诗人　写下一首

关于那时已逝的诗　那不过是
人人皆走的

路

在湖边

我站着　看散布在灰白
苍烟中的巨大
蓝色远方

玻璃质的广阔湖面反射着最初
和最后时刻的镜像

它倒映着头顶雪帽的群山
湖边的巨石

水晶的空气里　倒影
静净

太阳沉没于深蓝
继而　祖母绿

已有千百万年　尚有
百千万年

在岸边　这儿
无数的生命
已走过

这儿　眼睛迎遇
渴望

而时间浸于
空白

哦　咸涩的青海湖
风旋于你的
静深之上

哦　鱼潜于渊

哦　眼睛转向
无限的
中国男孩

青海，2009

青海湖

哦　青海湖闪耀如颗颗泪珠
透明　水晶澄澈

风在其上抚弦
其下落积盐层

一只孤独的鸟纵身
蓝之深　它锋利的
影子吓走游鱼

马群在岸边怡然食草
有纯粹的渴望和
黯淡的绝望在天空
时隐时现

遥远的路途轻轻
颤动像七弦琴
之弦

——那是始终如是的路
过去的多少世纪　将临的多少岁月

一个捕鱼人仍将坐于船板
一位牧羊人会凝望
山峦明亮

湖将继续幽静而
太阳下短暂的人类生活

亮如
星火

青海，2009

诗人的位置（译后记）

读诗的方法有很多种。这几年，我日益倾向于在读诗时判断一下一个诗人的位置，这个诗人的全部分行（或不分行）的文字为自己树立的是个什么形象？养成这一习惯，基本是因为当编辑当的。不当编辑，你可以只读高格调诗人或语言天才的好诗，但当编辑，你总会编到各种你觉得诗格中庸可有可无的分行文字。尽管只活在这一亩三分地里，我也想要活得耳聪目明，于是往往编了稿之后，我就会反思一下，这些诗行，这些诗的字里行间站着的那个诗人，我会不会高兴认识他。

有了这么一个习惯之后，我还发现它可以帮我解释一个问题——为什么百年汉诗没出大家公认的"大"诗人。我的答案很简单："大"诗人，通常有坚定不移的"大"的发语位置，而不是你试图为人民代言，你把技巧修辞翻云覆雨到何种程度就能怎么样云云。我举两个例子说明一下，大家可能会相对好理解些。这几年在汉语中得到较多译介的两位比较"大"（请允许我保守一点用词）的诗人，阿多尼斯和托马斯·萨拉蒙，虽然我个人并不一定完全推崇他们的诗，但我却发现，不得不承认的是，他们是"大"的。

阿多尼斯是个第一性的诗人,直接视自己为替神发言之人。在他那里,云水风光、玄思冥想、民族诗性意志、批判精神……直接来自对真、善、美的信仰;阿多尼斯发言时的语吻像是真善美本身在说话,他完全视封闭狭隘的思想、对神的固执偏颇的理解等一切负面异质为对立面。他站在这个他认定的完美神、真实神的位置上,反对位于他对立面的那些伪神或对神的歪曲或神为我所用的理解,他天生地拥有一副不必纠结、无须怀疑、真理在握的姿态。而作为一个现代人,我们早已本能地抛弃了这个形象,所以许多中国诗人初读阿多尼斯很惊讶,一个几乎只用千篇一律的口吻写诗的诗人,怎么能是一个大诗人!我们对技巧,对修辞,对智识,对文本正负能量之包容形成的张力,对存在之感悟……总之,对一个杰出的当代诗人所有属"神"之下一层面的"文"或"哲"或"思"或"感"或"愤"或"悟道"之种种要求,在他那里,全都不是问题。他直接就是发"神言"之人,不必考虑去"悟"什么"感"什么,完全不纠结于这是一个"上帝死了"、诸神退位时代的想法,他仍旧是古代的祭司,是看着人神同在的天地万物直接开口的诗人。多么幸福,作为诗人,他在这一时代敢取这一姿态,敢于目中无人但有神(当然神的构成中肯定包括最完美的人性),是受护佑、得恩典的。也只有那个文化,才能产生出这样一个诗人。现在,在别种宗教文化或非宗教文化中,都不大可能允许诗人再打神性根子那儿抽芽长叶地茁壮长成这个样子了,甚至你不填点笑料,来点反讽或批判点什么,你怎么能被认为是现代人呢?事实上,从他的汉语诗集在中国大陆相当不错的销售率上可以说明一点问题:普通中国读者心目中的诗人,基本还得是这样——天然好"神"型的。

萨拉蒙则颇有当代强力诗人的意味。他将自己的发语位置设定在定型神之前的,主要是基督形象之前的"野蛮状态"中拟成型的神的位置上,并且以"狂喜"为方法论,视自己的诗歌创作为跳跃在宇宙大神口里的飞溅不停飞舞张扬的语言唾沫。是啊,宇宙大神不能只是甩开两手蛮干着创世革命,它也得有嘴!萨拉蒙就是替这张嘴说话的,所以他会有忽而膨胀到宇宙星体那么大的奔跑过天空的自我,忽而化身安静但诡异的带着基督找兔子的小男神,有时还真和诺斯替教徒们一起实践一下精神是如何和宇宙平行运作的,有时直接就让大地来个乌龟翻身,让野蛮脱缰的快活兔子既种族化又个人化地在历史中戏谑撒野……这种种形象让人非常不安,很不适应。现代人是需要你讲点笑话,搞点反讽,颠覆一下传统价值观,可是你哪能干得那么过火呢?我们的社会人无疑都是"理性人"(不干理性事,不说理性话是"理性人"中的常见表现,不足为怪哦),而萨拉蒙即便思辨的话,信仰的也是他认为的理性对立面的艺术(跳进神嘴里不管不顾地干艺术是最高艺术状态——"狂喜"),所谓"无物存在于理性,若非首先存在于感性",所以他清醒地干的种种是先谋杀掉"理性神"(诗中通常的表现就是满纸解释性言语),再重新长出

"艺术创造之神"。但是，如此一个"能量创造大神"是否能取代阿多尼斯的传统好神而深入人心，或是否仅是个诺斯替主义者眼中德牧革（Demiurge）那样的能量创世邪神，基本是件不可知的事情，也就是件往往需要当事人明知不可为而去为之的事情。但当事人终究为之，是因为毕竟可以凭此列身为"大"序列之诗人，虽然可能不会有普遍接受度，尤其是在长期倡中庸之道行礼仪教化之邦。但在历史较短、美学精神中有麦尔维尔式的大海旷野之野性、神性的美利坚文化中，效果会好些。那里是萨拉蒙的真正成功之所，有时那里的有些人甚至会感到他与他们的主要诗歌美学精神缔造者——惠特曼有某种神似处，这是种感觉的话，可能未必经得起深究，我们姑且听一耳朵就好。

比较而言，中国大多数当代诗人的发语位置都是"人的"，甚至"太人的"。我并不想在这里就这个复杂纠结的问题展开论述，毕竟这是在为一本译诗集写"译后记"，这开场白至此已经够冗长了。

现在让我们来看看这本译诗集的事儿主——波兰诗人大流士·托马斯·莱比奥达，他的诗歌总是坚定地站在"神""人"之间的位置上发话。说实话，就我个人来说，这个位置是我的天然诗性能够最本能地接受的位置。话说一个现代中国人，处身自己的民族、国家、历史、当代文化氛围中，你无法想象，有人敢选择阿多尼斯或萨拉蒙那样的诗人位置。不选择前者，是因为没有那个"神"文化传统；不选择后者，是因为没有那个胆量也本能地会感到似乎没有那个必要。我们中国人都是一些生性严肃的人，多数人一辈子也学不会兴高采烈——话说那也是一种文化传统，圣方济各小兄弟会会众们与神沟通的传统。但是，在"人"之向上的"悟"与天地万物之共存和向下的喜肉身之"堕落"两个向度上，我们发现，在当前中国诗歌文本中已有洋洋大观的表现。

而一个"二战"后出生，在灰色社会主义氛围下度过青少年时代的当代波兰诗人，并在那个秘密警察横行的时代中，作为政治犯被短期关押过两次（头一次关几天后被保释，但有人坚决要关他，又再次入狱待了三个月。幸亏当年诗人是个手握铁拳的猛男，在狱中打得服流氓阿飞，没被他们摧毁身心）。他对世界、信仰、传统价值，对近代历史、政治、强权在那块富饶的东欧大平原上上演的各种荒诞剧，也几乎抱持着和一个当代中国人一样的怀疑态度。但是，在莱比奥达的"不信"与"信"之间，我们看到，他的诗人形象是一个摆脱波兰正统的宗教教育欲以一己之力去看清世界与意义，但又清楚地知道这出离也无非是一种神意的形象。这个形象有时是一个胸含怒气的情绪激烈的以诗发言的质疑者，有时是以质疑"神"为起点的神性力量感知者，有时是神与人之间某种宇宙能量的传递者。在其中我们能够清楚地看到不变的、不带怀疑色彩的东西是一种波兰式的基督教人道主义精神和对人类以智识为基础的诗性智慧的倾心确认。因而，比起我们敢于"人的，太人的"诗歌,又仍有行在不同道上之感。这就是我在译这本诗集的过程中,强烈感受到的他的诗与我们当下诗歌的"同"与"异"。

借写这篇"译后记"之机,我开篇便申述了一下诗人的大小之辨,并在此坐标系统中反思了一下诗人莱比奥达的位置,以下还想再申述一下好坏之辨。我们常常会有这样一种感觉,"大"诗人的诗,通常的确是好诗,但也未必全都是好诗,或者,至少有许多不是一个"天生的好读者"会悉心认可的诗。那么,既然百年汉诗的评判体系尚未建全,为有利于建立起诗歌标准(一个诗人如果总说诗无标准,你基本可以判断,他要么就是没有天才诗歌语言能力的人,要么就是没有发现之能的人,那他有的是什么呢?通常有的是写诗的愿望,以此代替了能力,有时这也能成诗人,但不大可能成为真正的好诗人),辨析"大小"之外,不断地判断"好坏",重要性也绝不稍逊。

比如,下面这首诗,你——如果是一个只为真正的乐趣而读诗的普通读者(不指为了学一些雕虫小技的写者),会认为它好还是不好?或者它好在哪儿,不好在哪儿?

　　主啊,我爱草莓酱
　　爱女人身体黑色的蜜甜。
　　冰镇伏特加,油鲱鱼,
　　桂皮、丁香的,香味。

> 我能是何种先知？圣灵怎会
>
> 光顾我这样的人？另有
>
> 许多人，他们堪当此名。
>
> 谁会相信我？人们见到的，是我
>
> 享用美食，倾尽酒杯，
>
> 贪婪扫视女招待的颈子。
>
> 不足并自知。渴慕伟大，
>
> 对于其品性，虽不十分，
>
> 幸能以部分的洞见分辨，
>
> 深知，留给渺小如我者，唯有：
>
> 短暂希望的盛宴，骄傲的愈挫愈奋，
>
> 一种驼背者的饰物，文学。

我完全不是要批评这首诗，只是随手拈了这首诗来，所以我就不指出作者是谁了。而且不幸的是，作为文学从业人员，受过了相当的训练，其实有时基本是把你对文学天然的高标准往下拉的训练后，我还挺喜欢这首诗。因其具有的部分的真正洞见，对文学之功能的具当代性的悲观理解；流畅倾泻的情绪也回转有致；诗人对自己的"不足并自知"也能在我这样一个对个体之渺小有共识的人（而非文艺复兴时代那个集天地之精华的自信人）身上有效激起一定的共鸣。此外，喜爱这首诗，也多少有点同情心在作祟，一个诗人垂垂老矣，还能有这样的诗情和清晰、有洞见的表达，要肯定啊。（对于功成名就的大诗人，读者对其"大诗人"身份和"好作品"的阅读要求的关系会变成一种把握起来相当微妙的东西。)但是,在我还是要求自己一定要分清"文学性之强度",再编易发表的诗,也得记得阿斯图里亚斯《玉米人》开头那种东西才是具强力的文学性之最高典范,才堪称叶芝所说的"最古老的思想贵族"。所以,我清楚地看见,如果一个初见文学天地又天生卓越的文学头脑面对上面这首诗,他会做的一定是掉头而去,完全不买账。要知道,天才总是有的,就像维特根斯坦想开始系统地读从前哲学家的著作时,他很吃惊地发现很多备受崇拜的名字都很愚蠢还都很爱装,罗素看到他有此等洞察力,只好告诉他,不读也罢,还是自己琢磨吧。其实,这就是"普通读者"的标准是文学最高标准的含义。但这个普通读者的"普通",显然不是指未受过专门的文学教育,它指的是艾柯说的那种"天生的好读者",是天生能感应叶芝说的那种"最古老的思想贵族"的文学头脑。叶芝所热爱的民间文学,是指它"将稍纵即逝和琐碎无趣之物拒之门外,也拒绝徒有美貌和小聪明之物,更不必提粗俗与伪善。它将世世代代最淳朴和深刻的思想集于一身……"其实感悟这种文学性一般是一个读者的天赋能力,而不是后天能训练出来的。一个有这样天赋能力的读者是不会对上述诗中的草莓酱、油鲱鱼、女人身体黑色的蜜甜这种"稍纵即逝和琐碎无趣之物"买账的,而这却是当下全世界范围内诗歌(为了显示民主时代诗人的亲民?)的某种惯用伎俩。符号学家出身的艾柯还用卓越的能力描绘出了这种天生的好读者的特征——"这样的读者喜欢语意结构和宇宙结构之间的每一个联系,因为他能及时感知。"

凭着我体内残存的这个"天生的好读者",我发现,莱比奥达作为诗人的天赋部分中,有着这种最卓越文学质素的因子。

译《满身星斗的男孩之诗》时,我几乎感到,那是一首我青年时代想写而没有写出来的诗。我也曾想象过一个人头顶向上倒栽入天国的奇情异景,但这注定不是我能写出来的一首诗,首先因为我身处无神论的文化当中。身居此域,有时难免羡慕有宗教给予死亡以尊严,再无意义的死都可以获得死后的安神之所,那所在并非仅仅一个小小船形坟墓,而是通过和最高存在的对话,死者在生者的悼亡中获得的可以上达星空的某种恒在,只要行悲悼的生者是个意欲"凝望每一闪光事物"的人。其实任何一个真正的诗人都不会是无神论者,他们在某种意义上都至少是古老的万物有灵论者,而在有生有死的世界里,持万物有灵论至少是幸福的,因为在那里死亡被取消。在这样一个世界里的人,都是诗人,他们"有/自己的历法　秒分时的大理石粉/在我体内涓涓滴注如身处一只沙漏"。莱比奥达虽是铁杆天主教文化传统国家中之公民,但在其体内无疑流淌着更古老的源远流长的诗性智慧,正是这一普世诗性智慧,使他认得出这样一个上帝——

但是他的智慧远在我上——装作在听我的祷词

通过我他念出天父颂……想的却是

万物流

这是对最高存在的光辉礼赞，"祂"不会仅仅是个恐吓者，严法律令的颁布者，时时需人类对之歌功颂德的一类人间王角色，"祂"一定还是个包容宇宙智慧的最大智者。作为一个诗人（而非译者），面对另一个诗人的语言制品，我会对这几句诗奉上我最真诚的激赏和赞美。"天父颂"（*pater noster*）在汉译世界里一般通译作"主祷文"，这是基督教最著名的祷词，被教徒们念诵得最多；"万物流"（*panta rhei*）是古希腊哲学家赫拉克利特提出的人所周知的一个概念："万物皆流"。（译成"天父颂""万物流"是想让读者不看注释也能依稀感觉到它们似有某方面的关联。）诗人在原文中于这两行诗里嵌入了这两个字面上形近却于意义上有巨大差异的拉丁语神学、哲学概念，不能不说是仿如那一刻慧眼洞开，自然流出了一股奇妙诗思。其实，我更倾向于认为，写得出这样的诗句，不是经由词的"嵌入"，而是对整个诗节思想的获得，看到了上帝包容宇宙的智慧，皆源于这两个形近的拉丁语短语在头脑中灵光闪现的自由并置，在它们的"似"当中蓦然反应出在人类思想文化概念中它们的近乎"对立"，由此诞生了这样一个对上帝礼赞的体悟。一个诗人的头脑能够进行这样的运作时，我体内那个"天生的好读者"通常会一口咬定这是个好诗人。

这也是在汉语中我写不出这样一首诗的其次的原因，也是更重要的原因。在汉语里，我没有"天父颂"和"万物流"在拉丁语词中的那种"关系"，无此，我便到达不了一种神秘主义理解的高度：神秘主义内蕴于精神（在诗人，是语词化了的精神）和宇宙间的平行关系中，也就是在某种"语意结构和宇宙结构的关联"中。

这里，我再离题扯两句吧，以期让中国的诗人和读者们头脑更清晰一些。其实，罗兰·巴特慧眼命名的现代诗歌自兰波之后开始具有的"零度写作"特征，在现代诗歌写作中，真正的奏效就是以这样的"词"的先行诞生出了真有意味的思想。他的理论几乎没有错，在现代诗歌写作中，好诗人的诗歌思维的确常常这样运作。但他实在走得太远了，已远到了忘却"主体性"之存在的地步，每一个词都变成了一个能够飞出所有语言之潜伏性的潘多拉的匣子。于是我们就会看到后来结构主义者列维－斯特劳斯更登峰造极的对洛特雷阿蒙"手术台上缝纫机和阳伞的不期而遇"这样诗句的赞美分析，其实在法语之外（据他分析，在法语里，这些词之间隐含有一系列的"二项对立"，能够通过隐含的对比变成相互使对方变形的比喻）阅读者感觉不到其中的诗性关联，像是在读胡言乱语。当然，我们也可以理解，胡言乱语有时也是有自己的逻辑方法的，只是那个逻辑方法不导向某个有效的出口。再者，诗人还是要在激情推动下经由语言自身能产性产出具"合理性"（这是可交流文本的基础）的句子，激情推动产生胡言乱语就像无数次的错误数学演算，而激情推动产生了至理名言或感人的惊艳金句就像终于推导出了数学公式（这才是有效的"狂喜是一种精确的步法"——萨拉蒙诗句）。每当我回想起在佛罗伦萨乌飞齐美术馆面对达·芬奇的画作所受到的震动——如此科学精准的画面却能笼罩着一层神秘感，我就会坚定一个信念：诗歌可以具有"数学公式"般的精准质地，而不必把自己抛向错误演算的无谓可写性（往往就是在无灵感状态下的写）当中。据说，达·芬奇画作的每一笔都是在灵感状态下涂抹上去的，这大概就是他的画具有神秘感的源泉。（请恕我这里不加辨析地使用古老的术语"灵感"，我知道在现代文学理论中对其已多有论辩，但还就是"灵感"二字用来顺手，请原谅我在面对术语时的一副老实利主义者的使用态度。）

当然，虽然写不出《满身星斗的男孩之诗》，但一首像《神秘》这样的诗，在汉语中，我也是可以写得出的。也正因为莱比奥达这寥寥数语写的恰是我内心中的那首《神秘》，它才能够成为开启我诗歌写作新阶段的重启键。我的新诗集《消失，记忆：2009－2013 新诗选》可以说即源发于这首诗，并从中获得了一个阶段诗歌写作的关键词"消失"。这首诗也可以说是我译这本"莱比奥达诗选"的原因，也许一些和我当年一样想在中国诗歌语境的芜杂中听到简单明确的并有亲近感的"诗"之清音以利于找到自己的有效诗歌声音和诗歌道路的人们,也可以从他的诗歌中获得我当年所获得的那种有效启迪。

神　秘

我想告诉你
我的渴望

但我怕
它会随你
消失

"神秘"被感知到它的人的感知,是一个灵魂泛起涟漪的时刻。诗人在一个配得上"神秘"这个词的有神秘主义感的瞬时冲动中,一眼瞥见了人与神秘之奇特关系的漩涡——"神秘"具有不可言说性,具有一旦被追逐就会莫名消失的危险,但"神秘"的魅力引无数渴望尽折腰。所以,说,还是不说,这是一个值得考虑的问题。但,甚至考虑,也会损伤它,只能记下这诗的灵光一闪,这关系只能以这几行"诗"的形式存在,才能不受损地被言及。于是,在一种"诗"的言说方式中,"神秘""渴望""消失"三个词均在发光。当初一眼看见这首诗,我感到仿佛一根内指的神秘主义的火柴,即刻点亮了我心中最内在的那个有同样倾向的诗人。我听见一个声音在说,纠葛于那些复杂的分行有何必要，写你灵魂里的诗吧，写出来自灵魂的闪光之一瞬的诗吧，如果你想当一个真诗人的话。

再交代一下，这个集子中的所有诗作都是诗人自选给我的，这让我在省了一道繁琐编选过程的同时，也发现，这样一个出版有千余页诗歌的诗人，给我的诗都是相对简单的诗。译完之后，我明白了，至少在诗人心目中，他看重的是他那些"瞬时"接通天地万物，成功清晰地捕捉到了人所未见的感悟，发生了心智活动的真正"发现"，找到了有效形象的诗作。这些诗作大都具有以下特点：仍是艾柯所言的，"简单和独立的意象仍然是文字跟读者沟通的最好方式"而力避了那些"可以致诗歌于死地的智识主义哲学（intellectualism）"。"诗的哲学"或"哲学的诗"，只能是这样的"发现"——"祂"的智慧远高于我，通过我，"祂"念出天父颂，想的却是万物流。而诗的呈现，或呈现为诗，也仍是这样一个简单独立的意象更为有效：

黑丝绸

我站在路边
比一只瓢虫或飞蛾还小

比一滴乌鸦的眼泪
或杏仁还小

比一粒亚麻种子还小
比一根雌鹿的睫毛还短

惊恐地　我
抬起头

聆听
永恒

这匹黑丝绸
发光的声音

　　提到这首诗,是因为我在当下中国诗歌中读到过不算少的诉求"小"的表达,对那些求"低到草丛里"的愿望,试图在微末中见神在的初衷,我能理解,但却无法让我敬佩,因为在其中我看不到诗人意志。而莱比奥达的这首诗,却创造出了独特的这一个在"永恒"当中小到了极致却充满了意志的诗人形象,悲剧性的、被压倒的,但并不曾绝望。同时这个"小"的形象还成功地触及到了当代人类的两难处境。要画蛇添足地分析一下,我们可以说:人,不可能比瓢虫、飞蛾、乌鸦的眼泪、杏仁还小,但在这诗里,它不仅成立,还因这一蛮不讲理的主观性而获得了象征深度(也就是有能力面对巨大命题)。和永恒、寰宇比起来，万物都是尘埃，在齐物论的世界里，谁比谁大点、小点，本无所谓。诗人被瞬间体悟到的"永恒"那压倒性的存在所震慑，进入了"无我"而仅剩为"永恒之感受器"的存在状态，只有"永恒"这种巨大命题产生出这样的"无差别"齐物论效果是合理的，是诗的。这个形象是一个典型的因诗人自我设定的"诗人的位置"之不同而结出的形象，也是在中国当下诗歌中结不出的形象。因为中国诗人们多数都已决定只在现世中来去，隐约感悟恒在中存留的东西最多只是一个可有可无的副产品，而即便在似乎已天下大同的当代世界诗歌写作面貌中，欧洲诗歌仍与我们颇有些不同。

像准确地揭示出这个时代中诗人的身份——在永恒那压倒性的氛围中仍坚定挺立的"小"人一样，莱比奥达在这本集子里的简明诗作中建立起的诗人形象、物事形象、情境形象均带着强烈醒目的视觉快感效果。他颇善在日常生活氛围中处理时间、虚无等超越性主题，如在诗人形象中留下可观可睹的岁月印痕，让某种常见情态在时间中蓦然改变性状，使某种难以描摹的氛围获得——并非仅仅某个比喻，而是真正的超越性存在。"世界在一条光辉灿烂的河中/飞奔穿过我/留下的是孩子般的温柔/易碎/留下的是脓肿溃烂的/伤口"（《河·黑鸟·空》）。"夸张挥舞的自信　它极其缓慢地冻结在我们的/身体上渐渐漂走像死亡渐渐冷藏了/死去婴儿的身体荚壳"（《我们曾在一块儿……》）"寂静，木然闪耀在白昼的/动脉里一如圣血居于其神庙的

/大理石神性中"(《瞬间》)对在成年的过程中缓缓冻结的年轻人的自信,我还可以只是止于欣赏;而对这大雨前获得了神性般的闪耀的寂静,我可以不吝于献上敬拜。也许是那片土地上的人们都能类似地感知到布鲁诺·舒尔茨为古往今来的文学捕捉创造出的原型弥赛亚时刻。这个瞬间是弥赛亚来临瞬间的氛围,也是每个真正的诗人获得狂喜加身的瞬间。

而即便社会批评,莱比奥达也往往乞灵于形象。"一个极小 精灵般的干瘪老太婆/拖拽着自己从一条长椅到另一条长椅/乞讨几枚/小钱//哼唱着苍凉古老的爱尔兰民歌/可是没人在听//没人把硬币放进/她小小的伸出的/手掌里//于是她疲惫萎靡/倚着街边水泵渐渐入梦//在一个警察叫醒她/之前 她梦见突然//变得高大光洁/她摇身成了美国小姐"(《美国小姐》)。人道主义的温柔同情催生出的形象自有其感人的力量,或许这批评并不特别深刻,但却独具这一个好诗人的只眼所见。诗性智慧有自己的乐趣需求,达不成"认识",这个乐趣需求不会感到满足。创造出一个形象,是达成这个"认识"的最快乐的方式,是"诗性智慧"理解世界的方式。如果未达到"诗性"的"智慧"要求,《美国小姐》会被写成对老乞妇的同情叙事、苦难叙事而已。但是,在这样一首好诗里,则写出了一个只有身在美国,也感染了做美国梦的乞妇的独特形象,唱出了对金钱资本轴心社会的批判之歌。"诗性智慧"对诗人的要求,是要有这种出人意料的"提升"能力的,在一个形象的翻转或曰"变形"中完成批判或普世性的概括。

莱比奥达写着一些真正达成了"认识"才被写下的诗句。他从一开始做诗人起，就幸运地拥有一个统一的灵魂，这使得他从不费时在去"认识"的道路中抒发向往，抒发对沿路所见小花小草的欣赏，诗性认识有自己的认识内容和表达它的方法论（莱比奥达的作诗法基本如下，"思考自我——躺在词的／十面埋伏里我们等着直到／感觉的苍鹭鸬鹚惊飞／阵阵——"[《心不跳气不喘……》]），不同于哲学认识，但绝非没有"认识"，绝不允许你沉湎于琐屑而不力求自拔之。读着他的这些诗句，我真心感到，如果你是一个好诗人，哪怕你写得再简单，都能让我享受到读诗的乐趣。这也使我有时反思一下诗人的灵魂发声问题。一个诗人的灵魂当然是在写作中建立起来的，但这个灵魂一旦发声，它又同步地——是什么灵魂发什么声。如果你发的是相对凌乱、纠结、自己仍昏昏然搞不清楚自己的声音，那么，你的灵魂就还没有进入一个有效发声的状态中，那样发声基本上是在进行无效写作或仅只是处在学习阶段，还没有能力达到灵魂"创造"的高度，能够进行"创造"（创造形象延续的可是造物主的创世余业）的从来都是一个统一的灵魂——不要相信某些有关"碎片"的策略性借口！只有统一的灵魂才有能力包含"碎片"，才能够写出"碎片"的隐忧、痛楚、深度黑暗和烛照出"碎片"中也存在的闪光，而"碎片"的灵魂，只能够进行"碎片"式的心理发泄，而无能力去创造出什么来。好的诗，能够在形象的创造中做到对"至微"和"大全"的精细兼容(借用莱比奥达写中国的诗句,"它需要一个诗人来表达/行到中途的国家/它的至微 它的大全")。写分行文字的人们啊,请让我看到诗人,看到你的诗人灵魂,看到你真正地挺立在你独有的诗人位置上吧。

可能因为的确是同一世代的诗人,写作所面对的世界、人文背景也都相近,译莱比奥达的诗,我有一种和写作我们的诗歌一样的感觉。但译时发现,我当时之所以能够被这样的诗歌重启,而感到无法从彼时的中国诗人们身上学到什么,是因为:除了他的诗人形象外,为我们的一些诗人所大胆抛弃的属诗最核心要素的两点,他完全没敢抛弃——一是隐喻语言,一是发现之能,也就是灵感。一个阶段里,我们有些诗人扬言摒弃隐喻,而把语感放大为诗的最重要因素,对汉语诗歌导致的伤害性后果,我个人认为此观点难辞其咎,用语感代替隐喻语言的重要性,是向低能汉语诗歌打开了不归路之门。这里篇幅所限,我就不对何谓现代诗歌的"语言艺术精品"进行反思了(我会另著文专门谈及这个问题),这里只声讨一点:不加思辨地让诗歌向"口语"敞开,其粗疏、鄙陋无疑是历史的倒退。八九十年前,艾略特就明敏地看到,"诗歌中的每次革命都倾向于是,也往往倾向于自称是,一种向普通说话的回归。"只是放长了历史时段看,他还看到,革新过了的诗歌语言又逐渐地向优雅和完美方面发展,但"同时口语在继续变化,于是这种诗歌用语便过时了。"所以,对任何一个时代的诗人来说,你将你所使用的诗歌语言表达为"口语"是根本没过脑子的表达,我们只能记住艾略特的教诲,你用的是"接近于口语体的听起来自然的语言"。

莱比奥达便用着这样一种听来自然的接近于口语的隐喻语言,带着沾染了他个性的有快速冲撞感的语感,写着《黑丝绸》《云雀经销商》里的许多"自我之歌"。这些变化着的一个个复数自我,俯瞰着不同的人类社会群落,眼睁睁看着时代和时代的所有牺牲品,而又坚持着一个屡屡被现实生活反驳的天真信仰:世界是美好的,人是高贵的。坚持着对美和纯粹的不息求索,凭着对人类的感同身受的能力和对世界的同情,诗人有时也以预言家的声调,并不显得自大地力图为人人代言。随手拈一例,看看诗人为那战争中的人群,为中东地区某位背着枪的小伙子献上的覆庇着人道主义暖流的美丽图景,"夜莺在幼发拉底河岸的金合欢树上/为你而鸣//水磨石牛仔布色的夜像一抹寂静/温柔落下//大概来自一颗子弹的死亡不是伤害性的/显然只能感到那热//显然世界的陷入停顿/是如初吻一般的//动情"(《背着卡拉什尼科夫自动步枪的家伙》)。这是这位一直走在路上的诗人当前期的诗作。

而《大熊星座下的自杀者》《溺水的树》中许多是其早期作品,属其博士前传生涯。其中所记录的青少年状态、青涩爱情阅历,读来完全像是我们曾经的身边事。割手腕,烫烟头,打群架,听美国流行乐,无因的烦恼空虚乃至自杀——这些现象，在满世界的青少年中遍地开花。只是当他把这一切用同情心和隐喻语言组织起来之后，我们感受到的不是血腥、暴力、无聊、沉沦等等负面能量的吞噬性，而是在享受诗性语言的愉悦中看到他对毁灭性力量的感知和自我救赎的努力。在果园里偷果子的缺少爱的敏感顽童，同时也"吃下串串小讪笑和惊愕眼风/带斑的表皮"（《两座古老公墓……》）。对无法理解的年轻爱人的心理，贴着她的胸口，"听着你正常的心跳 我像/是岸边的一条海难船——我被/你沉默话语的一个个浪头击打/将我越来越远地推向远离你/灵魂深渊的未知陆地深处"（《我贴紧你的胸口……》）。《晚上我去到……》《一代人》。同是写青少年空虚无聊精力虚耗的生活，你却能看到一个依然会抬头寻找大熊星座的少年，他的痛也经由诗性思维的活动得到转化实现了救赎，不再会是在内部伤害自己的纠结的存在，而是连同诗人一并化为了宇宙空间的存在。能否实现这一层"化入"，是看一个人体内有没有诗的标志。《一代人》最后的悬置场景完成了一个象征的创造。它既可能是含有希望的一代闲逛的、无意义的人的消失；也可能是他们排斥的空中幻影——可能的生命价值、活着的意义或一切被长期训练而尊崇起来的精神追求等等所有"属虚空"之物的消失。在这样一个时代，做不做"空心人"，仍是要看一个人自己的选择。

最后据他的英译本序介绍，我们在此转述一下诗人的博士前传。在1980年出版了一册《大熊星座下的自杀者》

后，莱比奥达成为波兰新生代诗人中最引人注目的发声者。这本诗集是本真的畅销书，为他赢得了许多奖项，年轻人将他视作文学偶像。他穿牛仔服，喝威士忌，被女人们包围着，骑在一辆旧摩托车上扮着半波兰版的詹姆斯·迪恩。当他尖锐批评官方艺术家并采取了公然反对平庸的共产党人的立场时，他在快车道上的生活结束了。被击败并被投入监狱一段时间之后，他盘点自己到那个时候的生活并重新塑造了自己。他背弃了青少年亚文化，抵御了出现在很多官方期刊的诱惑，最根本的，是他切断了自己。后来，经不懈奋斗，诗人成功转身变形，于1994年获得博士学位，后来成为文学教授。

赵 四

图书在版编目（CIP）数据

永恒之阴影：莱比奥达诗歌自选集/（波）大流士·莱比奥达著；赵四译. —济南：山东文艺出版社，2017.8
（雅歌译丛/汪剑钊主编）
ISBN 978-7-5329-5558-9

Ⅰ.①永… Ⅱ.①大…②赵… Ⅲ.①诗集—波兰—现代 Ⅳ.①I513.25

中国版本图书馆CIP数据核字（2017）第154124号

著作权合同登记号：15-2015-361
Shade of Eternity: Selected Poems of Lebioda
Copyright © 2012 by Dariusz Tomasz Lebioda
All rights reserved.

永恒之阴影

莱比奥达诗歌自选集

〔波〕大流士·莱比奥达 著 赵四 译

主管单位	山东出版传媒股份有限公司
出版发行	山东文艺出版社
社　　址	山东省济南市英雄山路189号
邮　　编	250002
网　　址	www.sdwypress.com

读者服务	0531-82098776（总编室）
	0531-82098775（市场营销部）
电子邮箱	sdwy@sdpress.com.cn

印　　刷	山东德州新华印务有限责任公司
开　　本	850mm×1168mm　1/32
印　　张	7　插页/4
字　　数	160千
版　　次	2017年8月第1版
印　　次	2019年7月第2次印刷
书　　号	ISBN 978-7-5329-5558-9
定　　价	48.00元

版权专有，侵权必究。如有图书质量问题，请与出版社联系调换。